La Frati Nigra

ISBN: 978-84-616-6633-1
Depósito Legal: AB 385-2013

©**Jose Baixauli** - 2013
Portada e ilustraciones interiores

©**Lem Ryan** - 2013
Texto

Primera edición: noviembre, 2013

Impreso en España - Printed in Spain

La Frati Nigra

Lem Ryan

PROEMIO

Al igual que muchos aficionados al género fantástico, empecé con los bolsilibros o, como prefiero llamarlos yo, "novelas de a duro", pese a que sólo durante una breve temporada ese calificativo fue adecuado. Debía tener yo entonces unos trece años, y me volqué a devorar historias escritas por Lou Carrigan, Clark Carrados, Vic Logan, Joseph Berna, Burton Hare, Ada Coretti, Ralph Barby, Keith Luger, Silver Kane... Solía leer policíacas y del oeste, pero las que más me gustaban eran las de terror y ciencia ficción, como supondrá la gente que me conoce. Algunos escritores me agradaban más que otros, y nunca tuve en estima a Marcial Lafuente Estefanía. Las solía comprar, o también las cambiaba en algunas papelerías por una peseta el ejemplar. Pasado un tiempo, descubrí otros autores, H. P. Lovecraft, Bram Stoker, Sheridan Le Fanu... y consideré que las novelas de a duro eran una etapa superada. Vendí el montón de novelitas que tenía (más de un centenar) en un rastrillo y comencé a hacerme con literatura "superior" (sí, esa que mucha crítica "seria" aún desprecia).

No recuerdo cuándo el gusanillo de los bolsilibros regresó a mí. Descubrí que la literatura hay que valorarla con criterios más amplios, y que puedes disfrutar enormemente con obras escritas deprisa y destinadas al consumo rápido. E incluso en muchas de ellas hay mucha más imaginación y amor por lo escrito que en obras más sesudas. Volví a comprar, aunque no con la frecuencia anterior. Cuando veía alguna de determinado autor que me había colmado especialmente me hacía con ella. Y, entre ellos, había dos que me gustaban especialmente: Curtis Garland y Lem Ryan.

Sobre Curtis Garland (Juan Gallardo Muñoz, en paz descanse) poco cabe explicar. Respecto a Lem Ryan, me gustaba su desinhibición al hacer pastiches. *Sangre bajo la luna* era una evidente imitación de la película *Lobos humanos*, pero en clave hard boiled; *La criatura de la luna* era como un guión de Jacinto Molina, con un licántropo torturado vagando por Francia, al que secuestran unos alienígenas para crear un ejército de clones de hombres lobo con los cuales invadir la Tierra; *El coloso dormido* era un gozoso pastiche howardiano; *Sombras del caos* ubicaba al primordial Nyarlathotep en un lejano planeta…

Así pues, fui recopilando las novelas de Lem, así como las de Curtis. Después, he ido ampliando mi selección a otros escritores…

En 2004 publiqué mi libro *Los hombres lobo* en el cine, de esclarecedor título. De todas maneras, también había un capítulo dedicado a la literatura de la temática. Como Lem Ryan la había tocado en varias ocasiones, comenté su obra al lado de la de George R. R. Martin, Tanith Lee, Boris Vian, Robert McCammon u otros, y la puse bastante bien, como correspondía. No recuerdo cuándo exactamente después recibí un e-mail del mismísimo Lem Ryan, agradeciendo mis palabras y ofreciéndome su amistad. Y así, hasta ahora.

En todo este tiempo, Lem ha estado algo parado, literariamente hablando. Tuvo un rebrote de la rabia, llamémoslo así, en 2007, cuando publicó su novela *Nueva era*. De inmediato escribió esta *Frati Nigra*. La intentó sacar por aquel entonces, pero la cosa no cuajó y quedó congelada. Yo leí en ese momento el texto, pero, sinceramente, cuando me comentó que, al fin, ponía en marcha esta edición, no recordaba apenas la historia. Además, me dijo que la había alterado ostensiblemente. Y cuando me pidió que le escribiera este prólogo le solicité que me la pasara de nuevo, para releerla.

Y poco a poco, todas esas viejas sensaciones volvieron a mí. De nuevo quedé enfrascado con esa facilidad con que parece escrita, pero que está muy elaborada; ese ritmo frenético, esa trama cautivante, esa capacidad de, con escasas palabras, definir lo preciso y encadenar situaciones. Recuerdo perfectamente cómo, en aquella ocasión, le comenté que el resultado era "una especie de Dan Brown, pero en bueno". Sigo pensándolo, aunque releyéndola ahora me ha parecido que tiene una estructura muy hitchcockiana, con el falso culpable huyendo y tratando de descubrir la verdad. Si cualquier director de Hollywood, incluso uno tan limitado como Ron Howard, tomara este libro para hacer una película sacaría algo mucho más interesante que la referida saga de Brown. Quién sabe, quizá tendremos en un futuro próximo a Johnny Depp encarnando a Lewis Miller, Sean Bean como el inspector Benson y Hugo Weaving como Abberline... Todos ellos, para protagonizar una historia centrada en el misterio del *Necronomicón*.

El *Necronomicón* es un libro ignominioso e impío, escrito por el árabe lobo Abdul Alhazred. Esto, al menos, es lo que refiere H. P. Lovecraft. Como soporte a sus Mitos de Cthulhu el escritor de Nueva Inglaterra concibió este ejemplar maldito de donde extraía citas sobre los dioses primigenios que nos acechaban al otro lado del umbral. La primera vez que se menciona ese libro fue en el relato "El sabueso" (The Hound), escrito en 1922 y publicado en 1924, aunque ya Alhazred había aparecido en una historia previa, "La ciudad sin nombre" (The Nameless City, 1921). Más adelante, en 1927, Lovecraft escribió una especie de artículo ficticio denominado "La historia del Necronomicón" (History of the Necronomicon), que no aparecería publicada hasta 1938. En ella refiere el modo en que Alhazred concibió el libro, así como el rastro editorial que luego fue dejando.

Hoy día, se supone que solo quedan cinco ejemplares identificados de la edición original: uno se halla en el British Museum, otro en la Bibliothèque Nationale de París, otro en la

Widener Library de la Universidad de Harvard, en Cambridge, Massachusetts, otro en la Universidad de Buenos Aires y, al fin, el último en Universidad de Miskatonic, en Arkham, Massachusetts. En esta última también se conserva otra copia de la edición en latín que tradujo Olaus Wormius, e impresa en España en el siglo XVII (posiblemente por parte de Iuan Batiste Marçal, en Valencia, hacia 1639).

Después de Lovecraft, algunos de sus discípulos también aportaron sus propios libros prohibidos. Así, tenemos el *Libro de Eibon*, concebido por Clark Ashton Smith, los *Fragmentos de Celaeno*, de August Derleth, el *Cthäat Aquadingen*, de Brian Lumley, los *Unaussprechlichen Kulten* de Robert E. Howard, o el *Cultes des Goules* y el *De Vermiss Mysteriis*, de Robert Bloch. Incluso yo mismo, modestamente, he aportado mi propio libro, el *In Cultum Daemonum*, que escribió el Marqués de Sade mientras estaba encarcelado en la fortaleza de Vincennes, entre 1777 y 1784.

Ahora, el lector tiene en sus manos esta *Frati Nigra* que recomiendo lea sin prejuicios, intentando volcarse en la aventura de Lewis Miller y cómo sigue él (nosotros) la pista hacia el *Necronomicón*, un libro que, acaso, no sea tanta leyenda como imaginamos, y acaso exista en realidad.

Carlos Díaz Maroto
Agosto de 2013

Entre las cuencas del Idigna y el Buranum se encuentra el Imperio de Akkad. Conquistado y gobernado por Sargón el Alquimista desde hace más de 2000 años. Primer y Único Emperador. El más grande desde Gilgamesh. Allí los nobles viven rodeados del lujo y la comodidad, mientras las razas creadas sufren existencias cortas y miserables, derramando sudor y sangre por la seguridad y comodidad de sus amos.

En Akkad la libertad no existe. En Akkad la vida no vale nada.
Dicen que es el precio de la civilización.

LA PUERTA DE ISHTAR

Vive inolvidables aventuras en este original juego de rol. Con un sistema ágil y una ambientación apasionante, La Puerta de Ishtar es un fenómeno que no te puedes perder.

Premios Poliedro al mejor juego español, ambientación y narrativa. Producto del año.
Elegido juego de rol del año en las jornadas Ludo Ergo Sum.
Librea de oro en los Premios Armagedón.
Premio Nación Rolera al mejor manual básico.

www.puertaishtar.com
384 páginas A4. Tapa dura. PVP 38€

Nota del Autor:

Aunque esta obra contiene datos y personajes históricos, no pretende en ningún momento ser un estudio riguroso ni sobre ellos ni, por supuesto, sobre el *Necronomicón*, sino tan sólo una pura especulación. Las referencias a la Frati Nigra, sin duda la sociedad secreta más misteriosa que existe, aunque bordeando la realidad, también son ficticias.

Lem Ryan

El título original era *Al-Azif*. Azif era el término utilizado por los árabes para designar el ruido nocturno (producido por los insectos) que, se suponía, era el murmullo de los demonios. Escrito por Abdul al Hazred, un poeta loco huido de Sanaa en Yemen, en la época de los califas Omeyas hacia el año 700. Visita las ruinas de Babilonia y los subterráneos secretos de Menfis, y pasa diez años en la soledad del gran desierto que se extiende al sur de Arabia, el Roba el-Khaliyeh, o "Espacio vital" de los antiguos, y el Dahna, o "Desierto Escarlata" de los árabes modernos. Se dice que este desierto está habitado por espíritus malignos y monstruos tenebrosos. Todos aquellos que aseguran haber penetrado en sus regiones cuentan cosas extrañas y sobrenaturales. Durante los últimos años de su vida, Alhazred vivió en Damasco, donde escribió el *Necronomicón* (*Al'Azif*) y por donde circulan terribles y contradictorios rumores sobre su muerte o desaparición en el 738. Su biógrafo del siglo XII, Ibn Khallikan, cuenta que fue asesinado por un monstruo invisible en pleno día y devorado horriblemente en presencia de un gran número de aterrorizados testigos. Se cuentan, además, muchas cosas sobre su locura. Pretendía haber visto la famosa Irem, la Ciudad de los Pilares, y haber encontrado bajo las ruinas de una inencontrable ciudad del desierto los anales secretos de una raza más antigua que la humanidad.

H.P. Lovecraft
(*Historia del Necronomicón*)

Escúchame atentamente y no sigas adelante si ignoras los principios.
(El libro de las figuras jeroglíficas, Nicolas Flamel)

Capítulo Uno

Lewis Miller dejó el coche en el aparcamiento de alquiler y salió a la calle, al cielo brumoso que amenazaba con romperse en cualquier momento sobre la ciudad y desplomarse sobre vidas y haciendas sin piedad, al ajetreo y la confusión que reinaban en el exterior como anticipo de la tormenta. La gente caminaba deprisa y los vehículos se acumulaban como insectos furiosos buscando a ciegas algo a lo que atacar. Las miradas se dirigían a las alturas con más frecuencia de lo habitual, reclamando sin fe que la furia celestial se demorase por lo menos hasta el hallazgo de un refugio.

Él también esperaba no tener que enfrentarse a la lluvia. Había intentado durante más de un cuarto de hora buscar algún sitio libre donde estacionar en las cercanías del lugar al que se dirigía, pero parecía una labor imposible y cada vez se iba alejando más, por lo que al final, desalentado y nervioso, tuvo que aceptar la dura realidad y decirse a sí mismo que, por más veces que recorriera la zona, sólo conseguiría perder el tiempo. Optó entonces por meter el vehículo bajo techo temiendo llegar tarde a su cita, aunque de todos modos tuvo que dejarlo bastante lejos de su destino. Ahora le tocaba dar un largo paseo caminando bajo aquellas nubes aterradoras que se agitaban como si algo en su interior intentase desgarrarlas para nacer. Bueno, se dijo, resignado, mojarse hoy tal vez valiera la pena.

Por enésima vez se preguntó qué querría ahora un viejo anticuario como Nicholas Farmer de él, cuando se había pasado tanto tiempo eludiéndole sin la menor consideración. No le había dado muchas pistas por teléfono el día anterior, tan sólo que quería hablarle de algo que seguramente le interesaría. Un mensaje escueto, sin detalles, y él no se atrevió a pedirle que fuese más concreto por temor a que cambiase de opinión después de todo lo que le había costado que se pusiera en contacto. Bueno, conocer a Nicholas Farmer ya sería algo de por sí suficientemente interesante. No era un personaje al que se pudiera acceder con facilidad. De hecho, tenía fama de misántropo y apenas aparecía en público desde hacía varios años. Se decía que poseía una de las colecciones privadas más importantes del mundo, y llevaba años intentando establecer comunicación con él sin el menor resultado. Ahora, en cambio... Ver para creer.

Notting Hill era un caos de propósitos frenéticos y paciencias desbordadas y la lentitud con que tuvo que atravesar la distancia que le separaba de su objetivo, desde Westbourne Grove hasta Lancaster Road, aumentó su nerviosismo. Odiaba llegar tarde a cualquier sitio. Para evitarlo siempre procuraba ir sobrado de tiempo, pero esta vez todo parecía haberse confabulado en su contra para retrasarle: su editora del Journal of Parapsychology reclamándole un artículo que ya debería haber entregado, la parada en la gasolinera porque el día anterior olvidó repostar, su ex-mujer llamándole por primera vez en meses para preguntarle cómo le iba... ¿Qué pensaría de él Farmer? ¿Cómo reaccionaría ante su tardanza aquel viejo ermitaño? Se maldijo por no haber sido más precavido y salir con la debida antelación, máxime conociendo las dificultades del tráfico en aquella dichosa urbe. No le extrañaría que le mandase a paseo nada más asomar por la puerta, si la rumorología que circulaba acerca de su carácter era cierta. Cuando llegó por fin, pasaban apenas diez minutos de la hora prevista, sin embargo él iba ya casi corriendo de pura impaciencia. El portal del edificio estaba abierto y se encaminó al ascensor, un vetusto artilugio enrejado que por su apariencia resultaba un milagro que siguiese funcionando. No había nadie en la portería. Respiró hondo para disimular su inquietud mientras ascendía entre traqueteos inquietantes y claustrofóbicos.

La primera llamada que realizó al timbre no obtuvo respuesta. Esperó, atento a cualquier ruido de pasos acercándose que no se produjo, mientras revisaba su aspecto exterior para dar la mejor impresión posible en la primera aproximación, la más importante sin duda en las relaciones humanas. ¿Se habría marchado Farmer viendo que no se presentaba? ¿Habría olvidado su cita? Volvió a llamar. El repiqueteo del aparato le pareció que producía ecos como de caverna, los tonos que suelen acompañar a los lugares vacíos. Quizás aquel viejo extravagante había cambiado de idea y ya no deseaba verle. Entonces se fijó en que la puerta no estaba cerrada, sólo entornada dejando una estrecha abertura por la que sólo se veía oscuridad.

Dudó, pero al final la empujó tímidamente y asomó la cabeza, temiendo encontrarse al otro lado con la mirada iracunda del anticuario.

—¿Señor Farmer? —llamó, inseguro.

Nadie contestó.

El piso parecía realmente desierto. Miller titubeó durante un instante, sopesando la alternativa de marcharse y no meterse en líos, pero después de todo había sido Farmer el que le había invitado a venir, ¿no? Tal vez había dejado la puerta abierta a propósito para que pudiese entrar, una posibilidad tan estrafalaria que casi parecía perfectamente compatible con la fama de Farmer. Traspasó el umbral y sintió un escalofrío, como si algo en su interior le dijese que no debería haberlo hecho. El aire olía a rancio, a viejo, a humedad, olor a abandono y decadencia. El papel pintado del pasillo debía tener por lo menos treinta años y estaba lleno de manchas oscuras que eran como sombras atrapadas en la pared.

—¿Señor Farmer? —volvió a llamar, esta vez más fuerte, y ahora fue su voz la que reverberó recorriendo espacios infinitos en la oscuridad.

Le sorprendió e incluso repelió la sordidez del lugar. Por las referencias que tenía, su anfitrión poseía reputación de hombre erudito y acaudalado, y de hecho para vivir en aquel barrio, y además poseer una tienda en Portobello, no podía ser de otra forma; sin embargo la primera impresión que le causó penetrar en aquella casa fue de absoluto abandono, incluso dejadez, como si allí no viviera nadie desde hacía mucho tiempo. Y el silencio... Empezaba a tener la molesta sensación de que alguien le había gastado una broma pesada, pero aún así siguió avanzando sin tener muy claro cómo debía actuar.

—¿Señor Farmer?

Al fondo vio otra puerta entreabierta. ¿Y si se estaba metiendo donde no debía? Tenía esa extraña habilidad, o mala suerte, no sabía cómo definirlo: la de encontrarse siempre en el lugar equivocado en el momento menos oportuno, algo que como periodista podía ser hasta beneficioso, pero que en la vida personal solía acarrearle muchos disgustos, y si no que se lo preguntasen a su ex mujer cuando la pilló in fraganti con aquel tipo... Lo mejor sería dar media vuelta antes de que se metiese en problemas por allanar domicilios ajenos, volver a casa, mirar en el registro de llamadas recibidas de su teléfono fijo para intentar localizar al anticuario y quedar con él otro día. Pero, mientras pensaba eso con todo el buen criterio del mundo, ya su mano estaba empujando aquella puerta contradiciendo a su cabeza. Nunca aprendería...

Era un estudio rebosante de libros y periódicos viejos apilados, con unas persianas al fondo en las que la mañana desapacible dibujaba líneas de luz mortecina, y allí, sentado en un sillón tras una mesa, estaba Farmer. O por lo menos le pareció que era él, porque apenas se distinguía nada en las sombras. Más aliviado que sorprendido, Miller empezó a disculparse antes de que el otro hombre pudiese hacerse una idea equivocada de la situación.

—¿Señor Farmer? Lo siento, estuve llamando pero nadie respondía, así que entré y... Lamento haberme retrasado, pero es que el tráfico estaba fatal y encontrar aparcamiento por aquí es un suplicio.

El hombre sentado no respondió. Ni siquiera se movió. Miller esforzó la vista intentando averiguar si lo que él había tomado por una figura humana era tal o sólo se lo había imaginado.

—¿Le he interrumpido tal vez en algo importante? Si lo desea puedo esperar...

Más silencio, y entonces fue consciente de que nada de lo que estaba sucediendo allí era normal. La habitación estaba demasiado oscura, el hombre estaba demasiado quieto... La puerta abierta, el olor a moho... Un escalofrío le recorrió la espalda como si alguien le hubiese soplado en la nuca.

—¿Se encuentra bien?

Como tampoco obtuvo contestación esta vez, se preocupó aún más. Buscó algún interruptor a tientas y, cuando por fin sus dedos lo encontraron y se encendió una luz del techo, descubrió un espectáculo horrible. Efectivamente, sus sentidos no le habían engañado y había un anciano sentado tras aquella mesa, que parecía mirarle fijamente con ojos desorbitados, la boca abierta en un grito congelado. Tenía un corte en el cuello, una línea espantosa que le recorría de oreja a oreja, y todo estaba salpicado de sangre. Lewis Miller se quedó paralizado contemplando aquella escena espeluznante. Había tanta sangre... No podía apartar la mirada de ella. Formaba regueros desde el cuello del anciano y le empapaba el pecho, salpicaba la mesa entera con cientos de gotas horribles y trazaba líneas allí donde habían saltado los primeros borbotones, se acumulaba en un charco junto a las patas del sillón... Pero lo peor eran aquellos ojos vidriosos clavados en él como suplicándole ayuda, una ayuda que ya no podía proporcionarle por mucho que quisiera.

Temblando, se acercó al cadáver. Sobre la mesa había varios objetos dispuestos en orden: un cuchillo de matarife ensangrentado, que con horror comprendió que debía ser el arma utilizada en el crimen, varias monedas sueltas, una copa vacía y un puntero de madera. No pudo dejar de observar que, curiosamente, y a pesar de que la mesa estaba llena de salpicaduras de sangre, de los distintos objetos que había sobre ella sólo el cuchillo estaba manchado.

—De acuerdo, señor Miller, repítame todo otra vez —le insistió el policía que le interrogaba, casi una hora más tarde.

Mareado, enfermo de angustia, el escritor había tenido que sentarse porque las piernas ya no le sostenían apenas. El lugar se había llenado de gente desde su llamada al 999 denunciando lo que había visto. Aquél era sin lugar a dudas el peor día de su vida, y los había tenido muy malos en los últimos tiempos. Fuera estaba lloviendo ya y en su cabeza también parecían estar acumulándose las nubes. Los primeros síntomas de una migraña se abrían paso entre sus neuronas a ritmo de tambor de galeotes.

—Ya se lo he dicho —se quejó, cansado de repetir una vez más la misma historia—: ayer recibí una llamada de Farmer, el... bueno, el muerto, diciéndome que quería verme porque tenía algo que podía interesarme, y me citó para que nos viéramos.

—¿Y qué era exactamente lo que podía interesarle?

Miller miró al agente. Era un hombre joven, vestido de

paisano, que grababa todo lo que hablaban. Por su parte, el policía veía ante sí a un individuo moreno y muy delgado, casi flaco, de unos cuarenta años y aspecto frágil y demacrado. Tenía profundas ojeras y parecía a punto de derrumbarse.

—No me lo dijo —contestó.

—¿Y sin saber lo que era accedió a venir? Me dijo que no se conocían, ¿no es así?

—No nos conocíamos personalmente, pero sí hablamos varias veces por teléfono —aclaró Miller—. Farmer es... era un coleccionista de antigüedades muy famoso y respetado, y entre su colección había algunas piezas que yo, en algunas ocasiones, me mostré interesado en examinar.

—¿También usted es coleccionista? —le preguntó el policía.

—Oh, no, soy escritor.

—¿Y escribe usted sobre antigüedades?

—En realidad no. Mi especialidad es otra...

El policía se quedó callado esperando que continuase.

—Libros. Libros antiguos. Farmer tiene..., perdón, tenía, lo siento, ejemplares únicos. Le escribí en numerosas ocasiones para que me permitiera echarles un vistazo, pero siempre se negó. Supuse que, con su llamada de ayer, había cambiado de opinión, por eso vine.

El agente pareció darse por satisfecho con aquella explicación.

—De acuerdo, continúe...

—Pues nada más: me retrasé por el tráfico, encontré la puerta abierta y...

—¿Vio salir a alguien? —le interrumpió.

—No.

—¿Tampoco vio a nadie en la escalera?

—Subí en el ascensor. No, no vi a nadie.

—¿Nada que le llamara la atención?

Miller resopló, molesto.

—Si no le parece suficiente con un hombre degollado... Usted estará acostumbrado, pero yo no suelo encontrarme cada día con estas cosas.

En la comisaría de Ladbroke Road siguieron haciéndole preguntas, siempre las mismas una y otra vez, como si esperasen pillarle en alguna contradicción, y, aunque nadie le acusara abiertamente de nada, empezó a quedarle bien claro que para aquellos hombres el principal sospechoso del asesinato era él. Sentía que estaba atrapado en una pesadilla y se preguntaba cuándo iba a despertar. Daba vueltas continuamente a todo lo ocurrido en las últimas horas, intentando averiguar cómo había llegado a aquella situación.

Tenía delante a un tal inspector Benson, de Scotland Yard, un individuo delgado con bigote que no dejaba de beber café y que le miraba como si hubiese cometido el más horrible de los crímenes.

—Nos ha dicho que su especialidad son los libros, ¿no es así, señor Miller?

—No, no es ésa mi especialidad. Lo que les he dicho es que me interesaban determinados libros que poseía Farmer.

—¿Y qué libros son esos? —quiso saber el policía.

—Libros antiguos que se rumoreaba que poseía: el *Arbatel De Magia Veterum*, el *Liber misteriorum sextus et sanctus*, el *Sepher Maphteah Shelomoh*... La mayoría ediciones facsímiles muy difíciles de encontrar, algunos casi imposibles. Me hubiera gustado verlos, pero nunca contestó a mis peticiones.

—Hasta ayer, ¿verdad?

—Pues sí. Me sorprendió su llamada, porque ya había dado por sentado que no le interesaba mostrar su colección, y no esperaba recibir noticias suyas. La última vez que intenté ponerme en contacto con él fue hará un par de años, y como le digo no recibí ninguna contestación.

—Y sin embargo ayer le llamó... —insistió Benson—. ¿Recuerda los detalles de esa conversación?

—Bueno, me dijo que tenía algo que podía interesarme mucho, que deseaba reunirse conmigo lo antes posible, y quedamos para esta mañana. Eso fue todo.

El inspector Benson arrugó el gesto como si no le convenciese su respuesta. Miró su vaso de plástico y se levantó de la mesa para servirse otro café en la máquina expendedora del pasillo. Miller observaba con atención la mesa de la sala de interrogatorios, repleta de informes y fotografías, y le vinieron a la memoria, como destellos, los objetos incongruentes que había sobre la de Farmer. Tanto estos como la disposición en que estaban colocados le resultaban familiares, aunque no sabía precisar dónde podía haber visto algo parecido. Benson regresó con otro vaso nuevo humeante. Le observaba con el ceño fruncido todavía, estudiándole.

—Hemos descubierto que la biblioteca del señor Farmer ha sido saqueada —le informó a bocajarro, valorando sus reacciones—. Según su declaración, usted no ha tocado nada, ¿me equivoco?

Miller recibió la noticia como si le hubieran propinado un violento bofetón.

—No, yo no he tocado nada. Tal como encontré el cadáver me apresuré a llamarles y esperé en la puerta, como me dijeron. ¿Qué insinúa?

—Nada, nada... —se apresuró a calmarle el inspector—. Aún no sabemos si ha desaparecido algo, pero lo cierto es que lo único que se ha encontrado desordenado en toda la casa ha sido esa biblioteca. Me ha parecido sólo una coincidencia muy llamativa. ¿No le parece a usted también curioso? Dígame, ¿son muy valiosos esos libros de los que me ha hablado?

—Depende de lo que considere por valioso —se encogió de hombros el escritor, restando importancia al asunto—. Son raros, curiosos, pero no pueden considerarse únicos. Tienen cierto valor, sí, pero tampoco nada extraordinario. De hecho, he llegado a ver esos mismos libros en otros lugares: museos, fundaciones, colecciones de otros particulares... Nadie mataría por poseerlos, si es eso lo que sugiere.

—Yo no sugiero nada, Dios me libre —sonrió el inspector sin el menor atisbo de humor—. Me limito a examinar los hechos y a valorarlos como posibles pruebas.

Miller empezó a sentirse acorralado.

—¿Debo llamar a un abogado?

—No, en realidad ya puede marcharse. Pero manténgase localizable.

Miller se levantó bruscamente y se marchó sin despedirse.

Tuvo que coger un taxi bajo la lluvia para volver al aparcamiento donde había dejado horas antes su vehículo, y luego permaneció durante varios minutos temblando delante del volante, hasta que el vigilante se acercó para ver qué le pasaba. Murmuró un "estoy bien" no muy convincente, pagó la estancia y se incorporó al denso tráfico de la ciudad. Todo a su alrededor parecía girar en una vorágine sin sentido. No se quitaba de la cabeza la imagen obsesiva del anticuario muerto con la garganta seccionada, la enorme cantidad de sangre vertida y salpicada por todas partes, aquellos ojos mirándole desde el más allá como suplicándole una ayuda que no podía proporcionar... ¿Cuánto tiempo llevaría muerto aquel pobre hombre? La sangre aún no estaba seca del todo, por lo que tal vez no se había cruzado con el asesino de puro milagro, porque no creía (y suponía que la policía tampoco) que fuese un suicidio, por más que aquel cuchillo estuviese sobre la mesa al alcance del cadáver. Aunque realmente tampoco podía descartarse la posibilidad, por lo menos hasta que le realizasen la autopsia. Pero, seamos francos, ¿quién se suicida rebanándose el cuello? Debe ser una muerte espantosa. No, era un asesinato, no le cabía la menor duda.

Mientras circulaba por las calles sombrías, pendiente sólo a medias de la conducción, su mente era un hervidero de imágenes deslavazadas. Tenía el estómago revuelto otra vez, a pesar de que había vomitado ya dos veces. La Gran Londres pasaba ante sus ojos con su trasiego enloquecedor, pero él apenas se fijaba. Conducía de manera mecánica, con el pensamiento muy alejado e ideas repetitivas rondando su cabeza. Copa, cuchillo, monedas, puntero... ¿Por qué no podía apartar eso?

Se detuvo tras una hilera de coches en un semáforo en rojo, y entonces notó un impacto fortísimo en la parte trasera de su vehículo, que de no ser porque llevaba el cinturón de seguridad puesto le hubiese empotrado contra el volante con consecuencias posiblemente muy desagradables. El sobresalto le dejó aún más conmocionado de lo que estaba. Por un momento su cerebro quedó en blanco, negándose a seguir teniendo más sensaciones en aquel día aciago. Por el retrovisor central vio que el automóvil que tenía detrás había colisionado contra el suyo.

Oh, Dios... Oh, Dios...

"Esto no puede estar pasando", se dijo.

Sin poderlo remediar, empezó a llorar, rotos del todo los nervios.

Al cabo de un momento se acercó a su ventanilla cubierta de riachuelos de agua una mujer. Miller se secó los ojos y bajó el cristal para poder oírla.

—Lo siento muchísimo —decía la señora, solícita y afectada—. No me ha dado tiempo de frenar. ¿Se encuentra bien?

El escritor aspiró hondo varias veces para tranquilizarse y asintió. No le quedaban fuerzas ni para enfadarse. Sólo tenía ganas de que aquel maldito día acabase cuanto antes y borrarlo de su memoria. Como entre nieblas, bajó del coche y salió al aguacero para inspeccionar los daños. El parachoques se había resquebrajado como la cáscara de un huevo, y parte del maletero de su Volkswagen estaba hundido hacia dentro. El otro vehículo era un Nissan Patrol que no se había hecho ni un rasguño. El colofón perfecto para la peor jornada de su vida, sí señor.

La mujer que había chocado contra él era una cuarentona rubia a la que apenas prestó atención, salvo para rellenar el parte del accidente. No dejaba de disculparse y él, con un ánimo que no sentía, casi como si lo estuviera viendo todo desde otro mundo muy lejano, tampoco paraba de repetir que no pasaba nada, que para eso estaban los seguros y no debían preocuparse. El resto de vehículos los adelantaba con una sucesión que parecía interminable de rostros malhumorados por el atasco que estaban provocando. Un policía se acercó al lugar del siniestro, pero al ver que todo se estaba solucionando sin incidentes se dedicó a regular un poco el caos circulatorio y se olvidó de ellos.

Cuando ya tenían el parte acabado, la mujer le entregó una tarjeta.

—No creo que haya ningún problema —le dijo—, pero por si acaso aquí le dejo mi teléfono. No dude en llamarme.

Miller se lo agradeció con un gesto distraído, cogió su copia para entregársela a la compañía de seguros y volvió a montar en su maltrecho automóvil con la intención de largarse cuanto antes.

Toda ciencia está en la palabra, y toda fuerza en el Nombre.
(Las Clavículas de Salomón, Eliphas Levi)

Capítulo Dos

—¿Tú qué opinas? —preguntó el inspector Andrew Benson a su compañero Robert McDonald, una vez el testigo se hubo marchado.

—Que si ha sido ese Miller ha cometido una estupidez quedándose allí y avisándonos —contestó, sacudiendo la cabeza—. En el cuchillo no hemos encontrado huellas, y, según el forense, ése ha sido el objeto con el que asesinaron al pobre viejo. De hecho, sólo hay huellas suyas en los picaportes de las puertas, lo que corrobora su versión.

—¿Qué más tenemos? —se interesó Benson.

—Poca cosa —se mostró desalentado su colega—. Estamos tratando de encontrar a algún pariente de Farmer, y de momento no tenemos el más mínimo elemento comparativo que nos permita comprobar si falta algo en esa casa. Salvo la biblioteca, no hay nada fuera de lugar, y hemos encontrado dinero en una caja fuerte, por lo que podemos descartar definitivamente que haya sido un robo vulgar.

Benson apretó las mandíbulas y dijo en voz alta lo que el otro detective no se atrevía a mencionar.

—¿Crees entonces que estamos ante otro asesinato de Hermes?

McDonald bajó la mirada y se mordió el labio inferior, dudando.

—Es pronto para asegurarlo, pero algunas cosas coinciden: el degüello, los objetos preparados junto al cadáver como en un extraño ritual... Si nos llega la carta sería la confirmación, pero de momento no podemos suponer nada.

—Sería el tercero en ese caso.

McDonald se incorporó de la silla que ocupaba haciendo aspavientos.

—¡No adelantemos acontecimientos! De momento tenemos un asesinato común, con un posible sospechoso además. ¡No quieras buscarle tres pies al gato, por el amor de Dios! E incluso aunque hubiera sido Hermes, ¿quién te dice que no hemos tenido suerte y el tal Miller es ese maníaco?

—¿Así, tan fácil? —se mostró escéptico el oficial al frente del caso—. ¿Se nos pone él mismo en bandeja?

—Los asesinos psicópatas desean ser detenidos, eso es algo que todo el mundo sabe —sentenció McDonald—. ¿Por qué si no las cartas que nos envía?

—Pues a mí esas cartas me parecen una burla más que un deseo de ser atrapado.

—Burla o no, acabaremos cogiéndole.

Benson también se levantó de su silla.

—Yo tengo la sensación de que ese tipo no quiere que le cojamos, que aún no ha acabado con su tarea, sea ésta la que sea. Y mientras no termine seguirá asesinando.

—¿A dónde vas?

—A por un café.

Unas horas después llegó la nota anunciada que confirmaba las sospechas del inspector Benson. Alguien la había dejado en un buzón de correos, en un sobre completamente normal, con todos los sellos pertinentes, y dirigida a la comisaría, con el único remite de "Hermes" mecanografiado. En su interior, un papel del tamaño de una tarjeta de visita, recortado a la perfección con tijeras y con unas palabras también mecanografiadas: "La magia sí existe". Un mensaje por el momento indescifrable.

La Unidad de Recuperación de Pruebas ya estaba trabajando en todo ello, analizando el sobre, el papel, los sellos, incluso el buzón donde fue depositado todo, pero el inspector ya sabía lo que encontrarían: lo mismo que las otras veces, o sea, nada. Ni una huella, ni un rastro de ADN epidérmico o salival. Había empleado una máquina de escribir vieja, una Olivetti Lettera 45, como en las demás ocasiones. La misma tinta negra de una cinta que parecía ser el único punto de partida, pero seguía habiendo muchos sitios donde poder conseguir esos consumibles, incluyendo la venta por Internet. El asesino se burlaba de ellos.

LA MAGIA SÍ EXISTE.

Benson observó la fotocopia que le habían proporcionado de la nota enviada por el asesino Hermes los compañeros del laboratorio forense. El texto iba acompañado de un número, el 3. Se refería, evidentemente, al tercer asesinato cometido. Aquel psicópata numeraba sus crímenes. Otro gesto de burla. Benson, nada más enterarse del hallazgo, había mandado a los de Investigación Forense del Directorado de Crímenes Especiales a la casa de Farmer, con instrucciones de que, si era necesario, lo pusieran todo patas arriba buscando pruebas. Ya no era "un asesinato común". Tenían un asesino en serie merodeando por Londres y quería todo cuanto se pudiera conseguir, costara lo que costara. También había pedido que investigasen a Miller, por si McDonald tenía razón, a ver qué coartadas tenía para los otros asesinatos.

Le dolía la cabeza. Nada más enterarse de la llegada de

aquella carta le había llamado el Secretario del Comisionado para pedirle información relativa al caso. ¿Y qué le podía decir? ¿"Estamos en ello, no se preocupe"? Eso era exactamente lo que le había dicho, pero, como temía, no fue suficiente.

—¿Que no me preocupe? —había estallado el Secretario, casi reventándole el tímpano.

Tres meses, tres asesinatos. Sí era para preocuparse, y mucho. Además, a primera vista no parecía haber relación alguna entre las víctimas, que no podían ser más dispares. Dos hombres y una mujer, de diferentes estratos sociales, de ocupaciones distintas, sin rasgos comunes, salvo por el hecho de que el mismo loco los había matado a todos ellos. No había coincidencia tampoco en las fechas, ya lo había mirado. Sí, un crimen por mes, pero sin una pauta racional. O, por lo menos, ésta se les escapaba aún.

Tenía las otras notas a mano:

NO ES INOCENTE.

LA VERDAD SERÁ REVELADA.

Más críptico no podría ser el muy hijo de puta. Benson sabía, o, mejor dicho, intuía, que aquellas notas en apariencia sin sentido encerraban algún tipo de mensaje en su conjunto. Debía ser así, porque en caso contrario no habría ningún motivo para enviarlas, y, por muy loco que estuviera Hermes, había una razón para todo lo que hacía. También tenía sobre su mesa los expedientes de los otros dos asesinatos. Los tenía frescos en la memoria, pero una vez más les echó un vistazo por si encontraba algo que se le hubiera escapado durante los centenares de veces que los había examinado. Fotografías, informes, testimonios... Los releyó buscando algo que se les hubiese pasado por alto antes, pero la inspiración no le iluminó.

La primera víctima había sido un vagabundo de nacionalidad argentina llamado Federico Niche, al que habían encontrado también degollado en un callejón del Soho, entre bolsas de basura, y entonces al lado del cadáver hallaron un hatillo atado a un palo en el que, dentro, estaba el arma homicida, y un bastón. Tenía los pantalones bajados, pero no había signos de agresión sexual. El muerto tenía algunos antecedentes por pequeños hurtos y era toxicómano. Era muy conocido en el barrio, pero curiosamente aquel día nadie vio nada. Claro que en ese barrio casi nadie ve ni oye nada nunca.

La segunda fue la esposa de un acaudalado industrial, y el caso había saltado de pronto a todos los medios de comunicación. Se llamaba Mary Priest y la encontraron muerta en su cama en pleno día, con el mismo sistema, cubierta con un velo de novia y una tiara de zafiros en la cabeza, todo ello de su propiedad, y con un libro abierto al lado. El cuchillo con el que Hermes la asesinó estaba en la cocina, aún sucio de sangre. No había cerraduras forzadas ni signos de violencia, y en la autopsia encontraron evidencias de que a la mujer la habían sedado con cloroformo antes de matarla, por lo que no debió enterarse de nada. Todo un detalle por parte del asesino.

Ni una sola huella en todos los crímenes. No había pelos o fibras, ni pisadas o rastros en los charcos de sangre. El asesino había sido extremadamente cuidadoso y metódico, frío en cada uno de sus actos, sin cometer el más mínimo error. El psiquiatra forense había dejado bien claro que después de su crimen dejaba preparado un escenario con el que también intentaba expresar algo. Junto a las notas, creaba jeroglíficos que deseaba que fuesen interpretados. El nombre que había escogido para identificarse a sí mismo, Hermes, formaba parte del juego. Evidentemente, jugaba con la policía.

—¿El nombre? —le había preguntado en su momento al psiquiatra—. ¿Qué significa Hermes?

—Era un dios griego. El equivalente al Mercurio de los romanos. El dios del comercio y la medicina.

—¿De la medicina? ¿Quiere decir que ese asesino puede ser un médico?

—Podría ser. No habría que descartar esa posibilidad.

Pero Hermes también era el dios de los misterios. A eso me refería.

Así que aquel psicópata se regocijaba en el misterio, le chiflaban los acertijos, y quizá encontraba tanto placer en ello como en el acto de matar. No torturaba a sus víctimas, por lo que no era el dolor o el sufrimiento lo que le excitaba. El cadáver era sólo un elemento más dentro de los escenarios que dejaba tras de sí. Decisivo, por supuesto, clave en su obra, pero debía verse todo en su conjunto. Benson se preguntó si habría más víctimas atribuibles a Hermes, casos no resueltos con los que aquel personaje hubiera practicado su macabro arte con anterioridad, algo al parecer frecuente en los asesinos en serie, que, buscando la perfección, experimentaban hasta conseguir el nivel deseado por sus mentes enfermas. Apuntó este pensamiento, proponiéndose revisar asuntos más antiguos y olvidados en los archivos.

La mujer tenía un libro, recordó súbitamente. ¿Coincidencia? Buscó en el expediente que correspondía el título del ejemplar encontrado junto a Mary Priest. *Las claviculas de Salomón*, de Eliphas Levi. Las fotografías no mostraban bien las páginas abiertas, pero se veía que más o menos era por la mitad del volumen y tenían grandes dibujos de esferas unidas mediante líneas y nombres no muy legibles. ¿Qué libro habría hurtado o simplemente hojeado en la biblioteca de Farmer? Y había otra cosa: el bastón del vagabundo y el puntero del bibliotecario. ¿Más coincidencias? No lo creía. Y, claro, estaba el arma del crimen: siempre un cuchillo que pertenecía a la víctima, la única cosa común a todos los homicidios cometidos.

También, por supuesto, estaba el hecho de que numeraba los asesinatos en sus notas dirigidas a la policía.

Eso era lo que más le inquietaba. Tenía el presentimiento de que habría más números, que aquello no acabaría.

—¿Y bien? —preguntó Benson.

McDonald había regresado del nuevo registro al domicilio de Farmer. Durante horas, la Unidad de Servicios Forenses del DCE se afanó en un estudio más minucioso de la escena del crimen, en el que estuvo presente como observador. Habían recogido muestras, fibras, cabellos, partículas de polvo, fotografías y cuanto pudiera ser de utilidad en la investigación. Habían realizado una planimetría cuadriculada de todo el piso y examinado cada pequeño detalle hasta que no quedó ni un centímetro cuadrado sin recorrer. El inspector tenía aspecto de encontrarse agotado.

—Están ahora analizándolo todo en el laboratorio —le respondió—. Tengo la lista que me pediste por teléfono.

Había apuntado los títulos de todos los libros de la biblioteca del muerto, a los que además se habían realizado dactilogramas con reactivos hidroscópicos y tomado fotografías. Eran varios folios. Benson los cogió y empezó a leer por encima: *Armadel, Heptameron, Enchiridion, Archidoxia Mágica, El Gran Grimorio del Papa Honorio, Praxis Magica Fausti, Ars Notoria, Heptarquía Mística, Séptimo Libro de Moisés, Lemegeton, Liber Logaeth, Sepher Yetzira...*, y así decenas de nombres extraños de los que nunca había oído hablar. Se sintió decepcionado. Imaginaba que en la biblioteca de un anticuario no encontraría el último libro de J.K. Rowling, pero tampoco esperaba aquella sucesión ininteligible de obras que no le decían nada. Sin embargo, sí halló algo conocido. Un título que sugería una conexión con otro de los asesinatos.

Las Clavículas de Salomón.

—Se llevó algo, estamos seguros de ello —añadió McDonald.

El inspector levantó la mirada, interesado en sus palabras.

—¿Por qué?

—Hicimos fotos del lugar tal como lo encontramos, con

algunos libros extraídos de sus sitios y arrojados al suelo, pero luego procedimos a colocarlos según el orden que nos pareció más lógico, teniendo en cuenta cómo estaban dispuestos los demás, que era el cronológico, según la fecha de edición, y nos quedó un hueco libre.

Benson negó con la cabeza.

—Eso no es determinante. Quizá los libros no estaban tan ajustados antes de que los recolocaseis.

—Es posible. Pero el hueco estaba allí.

—Ya —Benson parecía sumido en sus propios pensamientos—. ¿Y qué tenemos de Miller?

Su compañero abrió otro expediente que traía consigo y lo revisó rápidamente.

—Limpio. Ningún antecedente. Licenciado en periodismo. Colaboró en algunos diarios hace años. Ha escrito varios libros.

—¿Sobre qué? —quiso saber Benson.

McDonald no entendió bien su pregunta.

—¿Cómo?

—¿Qué clase de libros ha escrito Miller? Los títulos, las temáticas, editoriales que los publicaron...

—Pues... no lo sé.

—Averigüémoslo —ordenó el inspector—. Y averigüemos también qué coartadas tiene ese hombre para las fechas de los otros crímenes.

—Debió ser horrible —opinó Walter Donovan cuando Lewis le explicó toda la historia al día siguiente.

Walter, aparte de abogado, era uno de sus mejores amigos y había querido contarle todo lo que le había sucedido por si surgían complicaciones, que estaba seguro de que surgirían, y no tardando mucho. Sólo dos horas antes habían pasado dos policías por su casa, situada en una urbanización de las afueras de Eshen, para preguntarle si recordaba dónde había estado en las fechas del 23 de febrero y el 15 de marzo. Por supuesto, Miller no lo recordaba: no llevaba una agenda donde apuntase lo que hacía cada día y cada hora. Era escritor, no político. Seguramente estaría en casa, escribiendo, o intentándolo por lo menos. No, no tenía a nadie que pudiese corroborarlo. Cuando se marcharon, convencido de que intentarían inculparle de algo, tomó la decisión de llamar a Walter. Así que allí estaba.

—Lo fue —admitió Miller, recordando aquellos terribles momentos con un escalofrío—. Nunca antes había visto a un hombre muerto. Y pensar que pude cruzarme con el asesino...

—Y ahora te han preguntado por...

—El 23 de febrero y el 15 de marzo.

Donovan se apuntó aquellas fechas en un papel, asintiendo con gesto grave.

—Intentaré averiguar lo que pueda sobre eso —El abogado le miró fijamente—. ¿Y tú qué opinas?

—¿Sobre qué?

—¿Sobre qué va a ser? ¿A ti qué te parece? ¡Sobre todo! Un tipo al que no conoces en persona te llama diciendo que tiene algo que podría interesarte y lo encuentras muerto. No te dice lo que es pero aún así tú vas con toda la tranquilidad del mundo. ¡No me tomes por ingenuo! Y, lo que es más importante, no tomes por ingenua a la policía. Estás ocultando algo. Lo sé.

Miller sintió que empezaba a acalorarse.

—¡No estoy ocultando nada! ¡Las cosas fueron así, te lo juro!

Donovan enarcó una ceja con gesto irónico.

—Pero tú mismo me has dicho que ya antes habías visto copias de los libros que podía enseñarte... ¿Qué era entonces lo que podía interesarte tanto, que no hayas visto y que él lo supiese?

El escritor bajó la mirada, cogido en fuera de juego.

—De acuerdo —suspiró, resignado—, se trata del tema sobre el que estoy escribiendo ahora. La última vez que me puse en contacto con él, hace dos años, ya le hablé sobre ello porque estaba empezando a reunir información, aunque en ese momento estaba liado con mi libro sobre los templarios. Entonces mostró cierto interés, pero nada más. Siguió negándose a mostrarme su biblioteca.

—¿Y ese tema es...?

—Grimorios legendarios —contestó Miller con naturalidad, y ante el gesto de estupor que se le quedó a su amigo se vio obligado a explicar—: Los grimorios son libros que contienen hechizos e invocaciones, la mayoría escritos a partir de la Edad Media por supuestos magos, monjes, iluminados y, naturalmente, también por embaucadores. Existen centenares de esos libros en los museos y bibliotecas de todo el mundo, incluidos los del Vaticano; de hecho uno de los más célebres se atribuye a un Papa, Honorio III. Pero en realidad no son ésos los que a mí me interesan, sino los llamados "perdidos", los libros de magia que han perdurado en el tiempo a través del imaginario popular y de los que no se ha podido encontrar ni un solo ejemplar. Los libros malditos.

Acostumbrado a las peculiares aficiones de su amigo, Donovan le preguntó directamente:

—Así que pensaste que a lo mejor Farmer tenía alguna información acerca de uno de esos libros "perdidos" y por eso fuiste a verle...

—Se me ocurrió que podía ser ésa la situación, sí —admitió Miller, medio avergonzado.

—Pero no te dijo cuál era.

—Ya te lo he dicho: sólo lo supuse, ya que él sabía que estaba recopilando datos sobre ello.

Donovan resopló.

—Muy bien. ¿Y cuál supusiste que podía ser?

Lewis Miller guardó silencio durante un momento antes de responder.

—*Las Clavículas de Salomón.*

En aquel mismo momento, a miles de millas y un mar entero de distancia, en un automóvil negro que cruzaba la Piazza Deffenu, en la ciudad de Cagliari, capital de Cerdeña, el teléfono móvil del hombre que ocupaba el asiento trasero sonó de repente. Tras observar la pantalla durante un segundo, contestó a la llamada.

—Ni ja lu havaras[1] —dijo simplemente una voz desde el interior del pequeño aparato.

—Ka vi esas sekuri?[2] —preguntó él con una tranquilidad que en realidad no sentía.

—Yes.

El automóvil entró en la Vía Roma para dirigirse al puerto y el hombre volvió a guardarse el teléfono mientras contemplaba despacio los muelles y los barcos atracados en ellos. Había un crucero amarrado en el de Sant Agostino y decenas de turistas bajaban por sus escalas riendo y disfrutando. Hacía un día luminoso. Era un día luminoso, que invitaba a la esperanza. Siglos de espera tocaban a su fin. Pronto, muy pronto, el Libro Negro estaría completo y su conocimiento sería revelado a la humanidad, para gloria de todos.

[1.] Ya lo tenemos.
[2.] ¿Estáis seguros?

Maldita la tierra donde los pensamientos viven reencarnados en una existencia nueva y singular.
(Fragmento del Necronomicón, "El ceremonial", H.P. Lovecraft)

Capítulo Tres

—Pero ese libro existe —le contradijo Donovan, convencido de lo que decía—. Incluso creo haberlo visto en alguna librería.

Miller se echó a reír, divertido.

—¡Claro que existe! Hay montones de versiones circulando por ahí desde hace siglos, y todas, por supuesto, pretenden ser traducciones verdaderas del original escrito por el propio rey Salomón, pero ninguna es fiable. Es más, ni siquiera hay pruebas arqueológicas que demuestren que Salomón existió realmente, y mucho menos de que escribiera nada. El Antiguo Testamento le reconoce nada menos que cuatro libros: *Proverbios, Eclesiastés, Cantar de los Cantares* y *Sabiduría*, pero también existen dudas sobre quién los escribió realmente; y la tradición hebrea está llena de leyendas sobre él, de su sabiduría proverbial y sus inmensas riquezas, incluso de combates mágicos que supuestamente sostuvo contra unos demonios. Pero, como te digo, nada fiable.

Walter seguía confuso.

—¿Y entonces cómo llegaste a pensar que Farmer podía tener algo?

—Por los rumores...

Estaban los dos sentados en el sofá del salón, ante sendas latas de cerveza, y Donovan iba a coger la suya pero se detuvo en mitad del gesto.

—¿Qué rumores? —preguntó al instante.

—Últimamente rondaba por los círculos ocultistas que poseía un ejemplar de lo que sólo podía ser las auténticas Claves del Rey Salomón —respondió su amigo—. Esa clase de rumores suelen ser muy corrientes entre esa gente. Siempre hay quien cree haber descubierto alguna maravilla aquí o allá, y más en estos temas, por eso no los hice ni caso al principio. Pero cuando me llamó Farmer...

Ahora el abogado sí cogió su cerveza, sonriendo.

—Entonces los creíste de golpe —terminó la frase que había dejado en suspenso su amigo—. Joder, Lewis, nunca cambiarás.

—Bueno, por lo menos les concedí el beneficio de la duda —reconoció Miller—. Parecía demasiada casualidad.

—Y lo es —estuvo de acuerdo Donovan—. Quizá esos rumores sean el auténtico móvil del crimen. Deberías habérselo contado a la policía. Vamos a ver, ¿cómo te enteraste de ellos? ¿Lo recuerdas?

Miller hizo memoria.

—Pues me lo dijo hace unos meses un arqueólogo de Madrid con el que mantengo correspondencia: Arthur Campbell. Es un experto en cabalismo y tradición hebraica al que conocí en un congreso, e intercambiamos información desde entonces. Creo recordar que en su última carta me preguntaba si yo había visto ese libro. Espera, la buscaré y te la enseñaré...

Miller se fue a levantar, pero Donovan se lo impidió.

—No hace falta. De todas maneras no creo que lleguemos a nada con eso... Pero, ¿por qué no, qué demonios? ¿Tienes su teléfono? Porque podrías averiguar cómo se enteró él, a ver si así por lo menos aclaras algo. Es una posibilidad remota, pero...

—Pues no, no tengo su teléfono, pero tengo su dirección —Ahora sí, Miller se incorporó como por un resorte—. Supongo que es lo único que necesito para que Telecom me proporcione su número. Espera...

El abogado le observó en silencio mientras buscaba la información que necesitaba. Conocía al escritor desde los tiempos de la secundaria, hacía ya casi una eternidad. Seguramente, salvo su propia familia, nadie le conocía mejor que él, así que podía asegurar, sin el menor asomo de duda, que era una buena persona. Cierto que desde su divorcio se había vuelto más reservado, y que últimamente se veían menos, pero sabía a ciencia cierta que era incapaz de hacer daño a una mosca ni aunque se lo propusiera. Incluso ahora, en la situación apurada en la que se encontraba, seguía reaccionando con tranquilidad. Él, por su profesión, sabía lo que era ver gente con problemas, y muy pocas personas se enfrentarían a lo que Lewis se estaba enfrentando con aquella sangre fría de la que hacía gala.

Cuando Miller soltó el teléfono estaba más pálido que nunca.

—¿Y bien? ¿Qué te ha dicho? —le preguntó Donovan, preocupado por su aspecto.

—Me han dicho que Campbell murió hace tres meses...

El inspector Benson se sirvió un café que parecía agua sucia de la máquina del pasillo y volvió a su mesa, donde tenía un fajo de fotocopias, que había solicitado horas antes a sus compañeros de la Unidad Forense, con el contenido del libro hallado en el escenario del segundo crimen del asesino Hermes, el titulado *Las Clavículas de Salomón*. Se lo había estado leyendo y, salvo la introducción del editor, no había entendido ni una palabra de todo aquel galimatías. Tampoco es que hubiera mucho que entender: todo eran dibujos extraños y nombres muy difíciles de pronunciar, un montón de patrañas sobre talismanes y magia que le sonó a superchería barata aunque muy elaborada. Las páginas en las que estaba abierto el libro cuando lo encontraron en la casa de la víctima tampoco le aclararon nada. Buscó en Internet referencias acerca del autor, Eliphas Levi, con la intención de ilustrarse sobre el tema, y descubrió que era el seudónimo de un clérigo masón del siglo XIX que al parecer se las daba de gran mago y se dedicaba a escribir sobre ello para los crédulos que quisieran leer aquellas fantochadas.

Sus pensamientos se dirigieron en una nueva dirección que nunca antes había considerado. ¿Podía Hermes estar practicando algún tipo de ritual mágico con sus asesinatos? ¿Sacrificios satánicos tal vez? Era una posibilidad a tener en cuenta, aunque la manipulación de la escena, posterior siempre a los crímenes, había hecho suponer al psiquiatra forense que lo que buscaba era dejar un mensaje muy concreto. Tal vez esa manipulación sirviera a otro propósito y fuera sólo para confundir, para enmascarar el verdadero estado del escenario cuando cometía los asesinatos. ¿Quién sabía cómo podía pensar un demente, después de todo? Ellos veían la realidad alterada por su locura. ¿Cómo interpretar entonces sus actos?

Había leído el perfil presentado por el psiquiatra y todavía estaba sorprendido ante sus conclusiones: según él, Hermes era un varón blanco, heterosexual, entre 20 y 30 años, con una inteligencia superior a la normal, frío, metódico, alto y fornido, en apariencia encantador; se sentía superior y creía tener una misión, quizá religiosa; había tenido una infancia difícil y era posible que tuviera algún tipo de lesión cerebral, tal vez consecuencia de malos tratos sufridos durante su infancia. También siendo un niño, se entretenía torturando animales, y resultaba más que probable que tuviera antecedentes delictivos en su adolescencia, aunque ahora disfrutara de una posición social y reputación notables que le permitían pasar completamente desapercibido. Su profesión debía inspirar confianza, quizá incluso fuera policía, sugería el informe, o por lo menos se disfrazara para parecerlo.

Benson resopló. Aquel caso le superaba, y sabía que no tardarían en quitárselo. Había oído que se iba a crear una unidad especial que se encargaría de él. Estaba deseando que eso ocurriera. Maldita sea, ¿cómo se atrevía aquel matasanos a dar tantos detalles si en realidad no sabían absolutamente nada? Daban palos de ciego.

McDonald se acercó a su mesa.

—Hemos encontrado huellas dactilares en los libros —le informó—. ¿A que no sabes de quién?

El tono de suficiencia que empleaba le dio la pista necesaria para adivinarlo.

—¿De Miller?

—Correcto.

Benson se incorporó y cogió su chaqueta a toda prisa. Por fin tenían algo concreto a lo que aferrarse.

—O sea que nos mintió al decir que no había tocado nada. Buscó algo. Vamos a ver en qué más nos ha mentido.

Habían pedido una pizza por teléfono un momento antes y, cuando sonó el timbre de la puerta, Walter se levantó para abrir ya que Lewis aún estaba aturdido por la desagradable noticia que acababa de recibir. Se había puesto al aparato la viuda de Campbell, que le explicó entre sollozos que su marido había sido atropellado por un coche que posteriormente se dio a la fuga. Campbell había estado agonizando durante seis días en el hospital hasta que ya no pudo aguantar más. La policía tenía los datos del vehículo, facilitados por varios testigos, pero aún no habían conseguido localizarlo. Al parecer era robado y su propietario había denunciado el robo unos días antes.

Lewis Miller cogió su cerveza, pensando que, por las

fechas de las que estaban hablando, el atropello debió suceder poco después de que le enviase aquella carta donde le preguntaba por el libro de Farmer, cuando oyó aquel ruido, como de algo voluminoso que caía al suelo de repente, y luego un fuerte portazo. Volvió a la realidad. ¿Qué había pasado? ¿Se habría caído Walter con la pizza? Oyó a un coche que se alejaba a toda velocidad y, no supo porqué, empezó a preocuparse.

—¿Walt? —llamó—. ¿Te ha pasado algo?

No hubo respuesta.

—¿Walt? —repitió.

Miller soltó la lata y se asomó al pasillo, donde vio a su amigo tendido en el suelo boca arriba y con los ojos abiertos. Al principio la escena tardó en entrar en su cerebro, como si le costase aceptar aquella imagen. ¿Qué estaba haciendo Walter? Tenía algo en la frente, una mancha oscura de la que brotaban finos regueros que le recorrían la cara, y había un charco que parecía negro bajo su cabeza. Una garra helada le oprimió el corazón cuando se dio cuenta de lo que pasaba en realidad.

—¡Walt! —gritó, abalanzándose sobre el cadáver—. ¡Oh, Dios mío! ¡Oh, Dios mío!

No se atrevió siquiera a tocarlo. Le habían pegado un tiro en la cabeza. Temblando, con los ojos llenos de lágrimas y sin dejar de repetir "¡Oh, Dios mío!", miró hacia la puerta cerrada, súbitamente asustado. Comprendió que debería ser él el que estuviera allí sin vida, porque era él, y no Walter, el que debió abrir aquella puerta cuando llamaron. Enmudeció entonces y retrocedió tropezando, alejándose del pasillo hasta quedar pegado a una pared en posición fetal. ¿Quién quería matarle? ¿Por qué?

No supo cuánto tiempo permaneció allí inmóvil, pero el sonido del timbre le sobresaltó. Le pareció más estruendoso que nunca. Angustiado, se puso en pie. El corazón parecía querer escapársele por la garganta. ¿Quizá el asesino se había dado cuenta de su error y volvía para acabar el trabajo inconcluso?

Procurando no hacer ruido, se alejó de allí hacia la parte trasera de la casa. Estaba tan aterrado que creía que iba a cagarse encima. Se dio a sí mismo un asco tremendo. Su mejor amigo estaba muerto en el pasillo y él sólo podía pensar en huir, en marcharse lo más lejos posible. El timbre volvió a sonar, aullando con desesperación. Entró en el garaje y cogió las llaves del coche, que colgaban de una alcayata en la pared.

El minuto que tardó en abrirse el cierre metálico fue el más largo de toda su vida. Esperaba ver en cualquier momento una pistola apareciendo de la nada para apuntarle, así que, en cuanto se dio cuenta de que podía salir, pisó a fondo el acelerador y el coche saltó con violencia hacia atrás. Chocó contra algo, pero no se detuvo. Casi creyó ver la pistola brillando amenazadora junto a su ventanilla. El costado derecho del vehículo gruñó al rozar la guía del cierre. Su temor, sin embargo, era infundado. Allí no había nadie.

Andrew Abberline detuvo el coche frente a la casa rodeada de vehículos policiales y contempló cuanto sucedía en sus inmediaciones. Era el psiquiatra que había elaborado el perfil psicológico del asesino conocido como Hermes, en su calidad de colaborador de la policía metropolitana,y menos de una hora antes había recibido una llamada que le había inquietado profundamente. En aquel momento se hallaba dando clase en el Instituto de Psiquiatría de la Universidad de Londres. Bueno, en realidad lo que estaba "enseñando" a la alumna que estaba con él en el despacho no formaba parte del programa de estudios de la universidad, pero era igualmente importante para su formación, aparte de que serviría para mejorar de forma sustancial sus notas. La cuestión era que le había interrumpido en lo mejor del asunto la llamada de Scotland Yard informándole de que el asesino Hermes había sido identificado, y al conocer los pormenores la cosa no le había cuadrado y decidió presentarse allí en persona. Cogió su mini-grabadora, cerró las puertas del automóvil y se dirigió a la casa con paso resuelto.

El lugar estaba infestado de policías, medios de comunicación y curiosos atraídos por el morbo. Tuvo que pedirle a un agente uniformado que llamase al oficial que estuviera al mando y poco después apareció McDonald con su sonrisa irónica de costumbre. El médico sabía que no le caía bien a aquel policía, pero eso no era de su incumbencia y por lo tanto no le preocupaba lo más mínimo.

—Doctor, me alegro de verle —mintió al tiempo que le estrechaba la mano con toda la hipocresía de que era capaz, que era mucha—. Parece que tenemos a nuestro hombre...

Abberline encajó con elegancia el golpe bajo, que de manera subliminal le estaba indicando que no había acertado ni una, y se limitó a devolverle la sonrisa con profesionalidad.

—¿Puedo echar un vistazo? —preguntó.

—Claro, doctor.

Un momento después estaba junto al cadáver de un hombre tendido en el suelo y al que el Equipo de la Escena del Crimen procesaba mientras su director, al que saludó, y dos técnicos de la Unidad Forense esperaban para proceder al levantamiento.

—¿Es Lewis Miller? —preguntó al director.

—No, aún tenemos que identificarle.

—Pero ésta es su casa, ¿no?

—Así es.

Examinó la herida de la frente. No parecía haber restos visibles de pólvora y así se lo señaló a McDonald.

—¿Y qué significa eso? —se extrañó el aludido.

—Significa que seguramente le dispararon desde el otro lado del umbral —explicó Abberline—. Desde fuera. Miller no es el asesino, tenía que haber sido la víctima...

46

Lewis Miller tuvo que detenerse dos veces para vomitar en el arcén, y cuando por fin se sintió a salvo fue al estacionar en un aparcamiento al aire libre a las afueras de Northfleet. Se encontraba realmente enfermo, dominado por una sensación de vértigo tan intensa que casi notaba el abismo abriéndose a sus pies con la intención de engullirle. El mundo entero parecía un barco balanceándose peligrosamente en medio de una tempestad. Abrió la puerta del coche, agradeciendo la frescura de la brisa marina que le daba en la cara.

¿Y ahora qué se suponía que tenía que hacer? ¿Acudir a la policía, que ya antes sospechaba de él y no tardando mucho encontrarían un cadáver en su casa? No se andarían con chiquitas y tratarían de endosarle a él el marrón. Dios mío, pobre Walter... Quería llorarle, pero no podía. Tenía demasiado miedo para poder experimentar cualquier otro sentimiento.

Porque estaba seguro de que el verdadero objetivo del asesino era él. Quizá también mataron a Farmer por su culpa, creyendo que le encontrarían en la casa, sin embargo no contaron con el retraso sufrido. ¿Pero por qué? Sólo era un escritor, por el amor de Dios. No estaba involucrado en nada raro. No tenía enemigos, que él supiera. Si casi ni siquiera tenía amigos... Lo más sórdido que había hecho en su vida era bajarse películas pornográficas de Internet con el emule.

Entonces vio algo en la alfombrilla del asiento del acompañante que le llamó la atención: la copia de un parte amistoso de accidente y una tarjeta. Había olvidado entregarla a la compañía de seguros. Recordó el encontronazo que había tenido con el Nissan Patrol en Londres, tras dejar la comisaría donde le interrogaron, y cogió el papel con las manos temblorosas, pensando en el cadáver del anticuario con la garganta abierta. Y en aquel momento, casi de manera simultánea, se dio cuenta de varias cosas, todas ellas absurdas.

La primera era a qué le recordaban los objetos que había visto sobre la mesa de aquel hombre muerto, dispuestos de una manera determinada y que desde el momento en que las vio no había podido quitarse de la cabeza: al Tarot, a la carta del Mago del Tarot. Años antes había escrito un libro sobre cartomancia y cábala, que en realidad había sido el origen de su posterior interés por los libros perdidos, entre los que se encontraba la famosa *Tabla Esmeralda* de Hermes Trimegisto, de la cual, según la tradición hermética, habrían surgido las aún más famosas cartas. Los objetos que el asesino había dejado en aquella mesa eran los mismos y estaban colocados de idéntica forma que los que aparecían en el primer arcano del Tarot de Marsella, uno de los mazos más antiguos que se conocían.

La otra cosa que descubrió fue aún más sorprendente. El nombre que vio escrito en el parte del seguro, y que supuestamente debía pertenecer a la propietaria del vehículo con el que había colisionado, debía estar confundido. O eso, o se trataba de una broma muy extraña. Allí ponía, con letras claras y perfectamente legibles, "Perenelle Flamel".

—Explíqueme su teoría, doctor —quiso saber el inspector Benson cuando se reunió con el resto de personas que rodeaban al cadáver—. ¿Está diciendo que alguien persigue a Miller para matarle?

Él había llegado a una conclusión parecida tras escuchar las primeras opiniones de la Unidad Forense en el mismo escenario del crimen: la posición del cuerpo de la víctima, las salpicaduras de sangre y la limpieza de la herida sugerían que el disparo había sido hecho desde fuera del domicilio, después de abrir la puerta, tal como aseguraba el doctor Abberline. Seguramente había pasado poco antes de que ellos mismos llegaran a la casa para interrogarle y el escritor había huido aterrorizado.

—Eso es lo que parece —contestó el psiquiatra, consciente de las miradas del director del Equipo de Escena del Crimen y los dos policías—, lo que no sé es quién. No creo que se trate de Hermes. Este crimen no tiene ninguna de sus marcas. O tal vez cuando le abrió la puerta una persona que no era la que esperaba decidió no correr riesgos. Personalmente creo que nos encontramos ante otro asesino, otras pautas de comportamiento y otras circunstancias. Lo que nos deja con dos asesinos vinculados de una u otra forma con el señor Miller. Si yo fuera él, también estaría espantado.

Este libro tan antiguo es la obra original de la cual fueron compilados los muchos volúmenes del Kiu-tí. Y no solamente este último y el Siphrah Dzenioutha, sino que también el Sepher Yetzirah, la obra atribuida por los cabalistas hebreos a su Patriarca Abraham; el Shu-King, la biblia primitiva de la China; los volúmenes sagrados del Thoth-Hermes egipcio; los Purânas de la India; el Libro de los Números caldeo, y el Pentateuco mismo, todos han sido derivados de aquel pequeño volumen padre.
(La Doctrina Secreta, H.P. Blavatsky)

Capítulo Cuatro

Lewis Miller se detuvo para contemplar la Catedral de Westminster y admirar su Torre de San Eduardo alzándose hacia el cielo en mitad del monótono paisaje de la ciudad. En su bolsillo estaba el parte amistoso del accidente, cuidadosamente plegado. Había viajado en tren desde Northfleet y luego hecho trasbordo en Gravesend para después coger el metro hasta la estación Parque de Saint James y la calle Victoria, el lugar donde vivía una mujer con un nombre imposible.

Miller no creía en las casualidades, por eso había ido a ver a esa mujer. No sabía a dónde acudir, así que aquélla era una opción tan loca como cualquier otra, y por algún sitio tenía que empezar si quería obtener respuestas.

En el número 33 de la calle Victoria le recibió la dueña del Nissan Patrol, la misma señora rubia y elegante que había hundido el maletero de su coche aquella fatídica mañana. Así que aquello no formaba parte de una broma macabra. Ahora que estaba delante de ella se le ocurrió otra posibilidad inquietante: la de que fuera una trampa tendida contra él.

—Usted no puede ser Perenelle Flamel —espetó a bocajarro el escritor nada más verla.

La mujer sonrió, sin sorprenderse al parecer, todavía con la puerta abierta.

—¿Y por qué no?

—Porque Perenelle Flamel murió en el siglo XIV. ¿Quién es usted en realidad?

—¿Y qué le parece si discutimos sobre mi nombre dentro, donde no pueda oírnos nadie?

El instinto de supervivencia mantuvo a Miller inmóvil. ¿Y si aquella mujer era la asesina, pretendiendo ahora introducirle en su cubil? Se sintió como una mosca pisando temerariamente los bordes de una telaraña.

—Corremos peligro si sigue ahí —le aseguró tras ver que el hombre no se decidía, tan preocupada al parecer como él mismo—. Entre. De lo contrario cerraré la puerta y le dejaré en la ignorancia.

Se dispuso a cumplir su amenaza sin pensarlo dos veces, pero Miller la detuvo y se metió en la casa, convencido de que estaba cometiendo el error más grande de su vida, quizá mayor incluso que cuando entró en el domicilio de Farmer. La mujer que se hacía llamar "Perenelle" le condujo a un amplio salón con ventanales que daban directamente a la calle Victoria. La última vez que había tenido una sensación como la que ahora notaba se encontró con un cadáver. ¿Qué le esperaría ahora?

—Supuse que ese nombre sería suficiente para llamar su atención —le dijo—. ¿Desea tomar algo?

—No, gracias, nada —rechazó Miller, al que la sola idea de meter algo en el estómago le producía angustia—. Entonces ¿cómo debo decirle a mi compañía de seguros que se llama?

—De momento Perenelle sirve —contestó la mujer, manteniendo el misterio—. Yo sí tomaré un poco de vino, con su permiso.

Sacó una botella de jerez y un vaso de un mueble-bar y le indicó a Miller que se sentase en una mesa que había junto a la ventana.

—Ha tardado en venir —le reprochó.

—No me fijé en el nombre hasta hace unas horas. ¿Se hace pasar por la esposa de un alquimista muerto hace siglos con todos los que tiene un accidente?

—Sólo con los escritores que buscan libros raros —le respondió con sorna, sorprendiéndole.

Miller estaba cada vez más inquieto. Sabía muchísimo sobre él y eso no podía indicar nada bueno. De momento le decía que el accidente no había sido tal, sino algo intencionado, y por tanto que había estado siendo vigilado, que habían estado controlando sus pasos durante quién sabía cuánto tiempo.

—Dígame, ¿por qué busca esos libros?

Cauteloso, Miller se mantuvo atento a su alrededor comprobando que, efectivamente, parecían estar solos dentro de la casa. La mujer tenía una belleza madura y al mismo tiempo enigmática, sin un sólo asomo de arrugas en el rostro, y, aunque el color rubio de su pelo se notaba que era teñido, se veía incapaz de poder precisar con exactitud su edad.

—Simple curiosidad —respondió—. Existe tanta literatura sobre ellos, sobre las maravillas que ocultan en sus páginas amarillentas, que me pregunté qué se sentiría si alguno existiese de verdad y yo pudiese encontrarlo. Veo en esa búsqueda la oportunidad para hacer algo grande, algo distinto a todo lo que he hecho antes y que en realidad no es más que recopilar el trabajo de otros. Esta vez me propongo hacer un trabajo de investigación serio y riguroso.

Perenelle Flamel le miró con el ceño fruncido, como evaluando su respuesta.

—¿Y qué pensaría si le dijese que por lo menos uno de ellos sí existe? —le soltó de improviso.

Los ojos de Miller brillaron como única respuesta.

—¿Ha oído hablar del *Libro de Raziel*? —le preguntó acto seguido.

Mientras regresaban a New Scotland Yard, Benson decidió no incluir aquel nuevo asesinato en el "caso Hermes", ya que no tenían evidencias suficientes para asegurar que efectivamente podía ser obra del mismo individuo. Abberline opinaba lo mismo. Aquél había sido un crimen limpio y rápido, por completo impersonal. El error de identidad confirmaba que el asesino no conocía a la víctima, pero a pesar de ello había sido preciso y letal: un único disparo, directo y a la cabeza. Sin pasión, sin ira, un trabajo muy profesional. Un ajuste de cuentas tal vez. Habría que ahondar con más profundidad en el pasado de Miller, y sobre todo encontrarle antes que la persona que quería matarle. Aquel hombre al parecer tenía muchas cosas que contarles a pesar de la apariencia anodina que mostró en el primer interrogatorio.

Justo cuando llegaron a la central de la Policía Metropolitana en el Empress State Building, entre las calles Broadway y Victoria, a sólo unos cientos de metros de donde se hallaba en ese momento Lewis Miller, el teléfono móvil de Benson empezó a sonar, y las noticias que recibió le provocaron tal sorpresa primero, y luego irritación, que acabó gritando a la persona que estaba hablando con él. McDonald le preguntó qué pasaba y la respuesta con que se encontró también le dejó estupefacto.

—Ha desaparecido del Depósito el cadáver de Farmer...

—¿Cómo que ha desaparecido?

—Eso mismo he preguntado yo. Nadie sabe qué ha pasado. Sencillamente, se ha esfumado.

—No puede ser —se rió McDonald—. Debe haber algún

error. Seguramente le habrán puesto la etiqueta de otro fiambre en el dedo gordo del pie y por eso no lo encuentran. Nadie puede llevarse un cadáver del Depósito sin autorización.

Benson hacía esfuerzos para tranquilizarse.

—Pues al parecer alguien lo ha hecho. ¿Y sabes lo más divertido? ¡Han repasado las cintas del sistema de seguridad y pretenden hacerme creer que el muerto se ha marchado por su propio pie!

—¿*Libro de Raziel*? Me suena de algo, pero ahora mismo no lo recuerdo —reconoció Miller tras un corto silencio.

Perenelle bebió un sorbo de su vaso de vino.

—Muy poca gente conoce la leyenda —explicó—. Raziel es uno de los arcángeles más importantes de la Cábala, jefe de los Ophanim y patrón de los misterios. Al parecer, estaba tan cerca del Trono de Dios que oía todo lo que allí se decía, y plasmó todo ese conocimiento en un libro de zafiro. Cuando Adán y Eva fueron expulsados del paraíso, Raziel fue el encargado de darles la mala noticia, pero se apiadó de ellos y les entregó su libro para que pudiesen comprender mejor a su Señor. Esto provocó las iras de otros ángeles, que no comprendieron el comportamiento de Raziel, así que lo robaron y lo arrojaron al océano. Aquí comenzó el azaroso periplo del libro. Rahab, el demonio primordial de las profundidades, se lo devolvió a los humanos. Así llegó hasta Enoc, que luego se convirtió en el ángel Metatrón y añadió cosas al texto original. Después Rafael lo entregó a Noé, que con la sabiduría del libro pudo construir su arca, y más tarde pasó a Salomón, que obtuvo de él todo su conocimiento y algún que otro hechizo con el que atrapar demonios. A partir de ahí la pista se pierde en la oscuridad de los tiempos.

—¡Salomón! —se sorprendió Miller—. ¿Quiere decir que

sus *Claves* pudieron salir de ese libro angélico?

—Hay quien opina eso, sí. De todos modos, todo esto no deja de ser leyenda, sin embargo sí es una realidad histórica que en el siglo XIII el rabino Eleazar ben Judah de Germiza, más conocido como Eleazar de Worms, escribió otro *Libro de Raziel*, el *Sepher Raziel Hamalach* o *Sodei Razayya*, que está considerado una de las bases de la Cábala. Y también es historia que, hacia el 1355, un copista francés llamado Nicolas Flamel se hizo con un texto muy extraño, con el que al parecer consiguió muchísimas riquezas, e incluso algunos dicen que hasta la inmortalidad.

—Eso sí lo sabía. ¿Me está diciendo que el grimorio alquímico de Flamel era el auténtico *Sepher Raziel*? Creía que él mismo lo había identificado como el libro de un tal rabí Abraham.

—Eso es lo que le dijo el maestro Canches en su viaje a España —admitió la mujer—, que era el *Aesch Mezareph*, pero luego cambió de opinión al conseguir traducirlo por completo.

Miller miró a aquella extraña mujer con suspicacia. El libro del rabí Abraham era uno de los libros perdidos que estaban en su lista.

—¿Y usted cómo lo sabe? Yo nunca he oído nada al respecto.

—Lo sé porque lo he visto.

Aquella revelación sacudió al escritor, que no pudo evitar abrir la boca por la sorpresa.

—¿Ha visto el libro de Flamel?

—Así es, y le aseguro que no lo ha escrito ningún Abraham. El texto está en un idioma aparentemente indescifrable, con signos que recuerdan mucho al proto-sinaítico, pero con las suficientes diferencias como para resultar una lengua aparte.

Olvidando sus propios problemas ante aquel descubrimiento, Lewis Miller se dijo que, si todo aquello resultaba cierto, sería un hallazgo más importante aún que la tumba de Tutankhamon. No se atrevía siquiera a pensar en el incalculable valor que tendría.

—¿Y yo podría verlo? —se mostró emocionado ante la posibilidad.

—Lo tenía Nicholas —respondió Perenelle, negando con la cabeza—. Ahora no sé dónde estará.

Miller comprendió. Su mirada se perdió en la distancia, más allá de la enigmática mujer que decía llamarse como la esposa de un alquimista francés cuya vida estaba rodeada de leyenda.

—Entonces ése debía ser el libro que quería enseñarme —murmuró—. Debieron llevárselo...

—No, no pudieron llevárselo porque en la casa sólo tenía fragmentos de la traducción. El original está a salvo.

La mujer se sirvió otro vaso de vino. El escritor volvió a examinarla con atención.

—Quizá usted le mató y por eso sabe tanto —aventuró, receloso.

Perenelle le lanzó dos puñales con los ojos.

—O quizá sé tanto porque soy su viuda —le contestó, dejándole helado con aquella revelación—. Sí, Nicholas era mi marido.

Miller no pudo dejar de observar los paralelismos entre nombres e historias (Flamel-Farmer), y por primera vez dudó de la cordura de su interlocutora. Tal vez creía de verdad que era la auténtica Perenelle Flamel, y que el hombre que él conoció como Nicholas Farmer había sobrevivido más de seiscientos años sólo para ser asesinado en su domicilio por culpa de un libro legendario.

—Sabíamos que había gente dispuesta a todo para conseguirlo —continuó Perenelle—. Dispuesta incluso a matar. Por eso escondió el libro y me dijo que debíamos separarnos por nuestra propia seguridad.

—Y al parecer no le faltaba razón —admitió el escritor—. ¿Pero quién puede estar tan loco como para hacer algo así?

Perenelle suspiró.

—Créame, es mejor que no lo sepa.

—¿Cómo que es mejor...? —se exasperó Miller—. ¡Ahora me buscan a mí porque deben pensar que lo tengo yo!

La sorpresa se dibujó en el rostro de la mujer, que se levantó de golpe de la silla, muy nerviosa.

—¡Dios mío, es posible que le hayan seguido entonces! ¡Debemos marcharnos de aquí!

Estaba tan agitada que Miller no pudo explicarle las peripecias que había tenido que hacer para llegar hasta allí desde que alguien, haciéndose pasar por repartidor de pizzas, había matado a su mejor amigo en su propia casa. Él también se incorporó y la vio recorriendo precipitadamente el apartamento preparándose para la partida, en uno de esos extraños rituales femeninos que nunca entendería. Si ella creía que allí no estaban a salvo, ¿a dónde podrían ir?

—¿Pero quiénes son? —quiso saber.

—Se hacen llamar la Hermandad Negra —le contestó la mujer mientras salían.

Aquella noche, Andrew Abberline no conseguía dormir, así que dejó a su esposa en la cama de matrimonio y se dirigió a su despacho procurando no hacer ruido. Una vez allí se sirvió un vaso de whisky y procedió a examinar las notas que tenía sobre el asesino Hermes. A pesar de lo que había sugerido al inspector Benson, no sabía si relacionarlo al final con el suceso de la casa de Miller. Cierto que aquel último crimen se apartaba por completo de sus pautas, pero algo le decía que allí había más de lo que aparentaba a simple vista.

Los asesinos en serie organizados, como era el caso

indiscutible de Hermes, solían ser metódicos, querían tener el control absoluto sobre la realidad en que vivían; se sentían dioses de ese modo, con poder de vida y de muerte sobre sus víctimas, que para ellos no significaban nada. Admitir que pudiera haber algo que no pudieran controlar significaba negarse a sí mismos. Peor aún, significaba que había vida fuera de ellos, y eso no lo toleraban, ni siquiera eran capaces de comprenderlo. Sin embargo había otra clase de asesino, el desorganizado, para el que el control no existía. Sus actos los marcaba por completo el azar y sus episodios de violencia carecían por completo de planificación. El asesinato de la casa de Miller, si descartaban el ajuste de cuentas, parecía encuadrarse en aquella segunda tipología.

¿Significaba eso que su primer perfil estaba equivocado y Hermes era una mezcla de ambos tipos de asesino? ¿O había dos asesinos? Si era el segundo caso, ¿existía alguna relación entre ellos? No sería la primera vez que dos psicópatas actuaban juntos, aunque cuando eso sucedía lo "normal" -siempre entendiendo por normalidad el mero hecho estadístico- era que uno de ellos se dejase dominar por el otro siendo una especie de alumno, un seguidor o incluso imitador.

El mensaje de Hermes parecía claro desde el principio: tenía una misión y debía cumplirla fuese como fuese. El objetivo final aparecía codificado en los escenarios que dejaba tras de sí, en las notas que mandaba a la policía diciendo "he sido yo". Tenía ya tres cadáveres en su haber y no pararía hasta conseguir ese objetivo utópico que se había marcado en sus locas fantasías. Averiguar cuál era ese objetivo debía ser su principal prioridad. Todo tenía un sentido, incluso lo más insignificante.

¿Por qué había elegido ese nombre? Hermes era un dios de la antigüedad, e intuía que ese dato era importante. Era una divinidad asociada a la sabiduría, a los misterios. Hermes quería revelar entonces un conocimiento oculto, un secreto, era el mensajero alado de un poder aún más grande. Un ángel apocalíptico tal vez. Pero no, Hermes no anunciaba nada, era sólo el portador del mensaje, y el mensaje era lo importante. ¿Pero cuál era?

Y hay quienes se han atrevido a asomarse al otro lado del Velo, y a aceptarle a Él como guía, mas habrían dado muestras de mayor prudencia no aceptando trato alguno con Él.
(Fragmento del Necronomicón, incluido en el libro "A través de las puertas de la llave de plata", H.P. Lovecraft)

Capítulo Cinco

Mientras cenaban en un restaurante de la plaza Stafford, frente al Palacio de Buckingham, logró convencer a medias a Perenelle de que nadie los seguía. Le costó, pero consiguió que se relajase un poco y así él mismo logró conservar también un poco de su propia serenidad, que buena falta le hacía. Incluso pudo comer un poco, cuando pensaba que no podría.

—¿Y qué es eso de la Hermandad Negra? —intentó conseguir más información al respecto—. ¿Me lo querrá contar?

—Es una secta muy antigua —contestó la mujer—, quizá anterior a Jesucristo, aunque apenas hay constancia histórica de su existencia hasta hace unos cuatrocientos años, cuando aparecen oficialmente en una isla del Caribe llamada Tortuga habitada sólo por piratas. Allí surgió la llamada Cofradía de los Hermanos de la Costa, que ofrecía refugio a todo aquél que llegase a la isla huyendo de la ley. Se sabe que hasta ella llegó un forastero de origen oriental, al que, siguiendo la tradición bucanera de poner motes, apodaron "El Demonio", que impartió sus enseñanzas y consiguió muchos seguidores entre aquellos hombres desesperados. Se los conocía como los Hermanos

Negros, debido al color de sus ropas, y practicaban ritos que incluso sus compatriotas consideraban horrendos, adorando a una deidad a la que llamaban la Serpiente Cornuda.

—¿La Serpiente Cornuda? —Algo se agitó en los recuerdos de Miller—. Eso me recuerda algo. Sí, cuando preparaba mi libro sobre los templarios encontré referencias a un culto casi desconocido que operaba en el Mediterráneo y que algunos vinculaban a las tradiciones babilónicas, y que se llamaba...

—Frati Nigra —le respondió Perenelle—. Así se llaman a sí mismos en idioma ido, una variante más moderna del esperanto. ¿Los conoce?

—Sólo hallé esos pocos datos. No se sabe mucho más sobre ellos.

—Han permanecido en la oscuridad durante milenios, arrastrándose por la historia como la serpiente a la que veneran, esperando con paciencia infinita a que llegue el momento en que puedan desvelar su presencia. Mientras otras sectas y sociedades secretas surgían, prosperaban y luego desaparecían, ellos siempre han estado ahí gracias al celo con que guardan su existencia. Poco a poco se han ido infiltrando en las más altas esferas de poder, influyendo en los grandes acontecimientos de la humanidad.

El rumbo que empezaba a tomar la conversación no le gustaba a Miller. Él mismo había escrito muchas veces sobre las teorías conspiratorias, pero no creía absolutamente nada en ellas. Resultaba demasiado fácil culpar de los grandes males del mundo a fuerzas externas como los extraterrestres, los Grandes Maestros o los iluminados de Baviera, pero la realidad era que el Hombre se había ganado a pulso con sus meteduras de pata el ser infeliz, no necesitaba de la ayuda de nadie.

—¿Y ahora quieren ese libro?

—No es que lo quieran —negó la mujer—, lo necesitan para liberar a su señor.

—¿Su señor? ¿Se refiere...?

—La Serpiente, sí.

Lo que temía: desvariaba. Ahora le soltaría una retahíla de despropósitos a cuál más disparatado.

—El Libro contiene fórmulas mágicas para liberar a Shemhazai, el ángel caído —continuó Perenelle, confirmando sus temores—. Está atrapado cabeza abajo en la constelación de Orión, esperando el perdón divino, y éste sólo se producirá cuando los hombres le reclamen.

Shemhazai... Ahora recordaba dónde había leído antes el nombre de Raziel. Según la tradición de la Cábala hebrea, Raziel era el bene elohim que contestaba a gritos las súplicas de uno de los Vigilantes castigados por Dios desde el Monte Horeb. Aquel relato era mencionado en los manuscritos apócrifos que formaban el Libro de Enoc etíope. Al parecer aquellos Vigilantes encargados de velar por la creación habían pecado contra Yahvé, mezclándose con las hijas de los hombres y creando una raza de gigantes que trajeron la muerte y la desolación a la Tierra, y Dios tuvo que mandar a sus huestes, capitaneadas por los arcángeles Miguel, Rafael, Gabriel y el propio Uriel (otro de los nombres de Raziel, al que en ocasiones se llamaba también Raguel, Sariel o Azrael), para deshacer el desaguisado.

—Estamos hablando de Satanás entonces...

—Satanás es un invento de la Iglesia —rechazó Perenelle—. Esta criatura es más antigua que la Iglesia Católica, más que las religiones e incluso que el ser humano. Para los babilonios era Ningizzida, señor del árbol verdadero y guardián de las puertas del cielo y el infierno, para los egipcios Apofis, para los griegos Pitón, sin embargo, si hemos de creer en las teorías de la ciencia, seguramente nació al mismo tiempo que el Universo, quizá como una de las energías de campo escalar que provocaron la inflación anterior al Big Bang. Forma parte de la quintaesencia y de la materia oscura que hay más allá de lo visible.

Ya tenía bastante de todas aquellas tonterías. Ahora pretendía meter a la ciencia en sus alucinaciones.

—Hábleme del libro —la interrumpió, obligándola a cambiar la dirección de sus pensamientos de repente y así abordar la cuestión que realmente le interesaba—. ¿Cómo es?

Perenelle pareció confusa por un instante.

—Bueno, naturalmente no es el verdadero *Libro de Raziel*, que según la leyenda fue escrito en zafiro, o en oro puro si lo relacionamos con Thoth, sino una copia firmada por un tal Abd Al'Uzza ar-Rahib ibn Ad, con el título y un prólogo escritos en árabe, y lo demás en un idioma extraño. Según el texto árabe, tiene el nombre de *Al'Azif*, una palabra poco precisa usada tanto para referirse a un instrumento musical, al sonido que produce éste o a la canción que lo acompaña, y su autor afirmaba ser un erudito yemení de la dinastía omeya y haberlo escrito en Damasco influido por voces infernales.

Aquello ya colmó la poca paciencia que le quedaba. Tuvo que hacer un esfuerzo para no levantarse y marcharse de allí sin dar siquiera explicaciones. No sabía si aquella mujer se estaba riendo de él o si efectivamente creía en todo lo que estaba diciendo. No podía imaginar qué sería peor. Suspiró profundamente e intentó aparentar tranquilidad.

—Pero esos datos pertenecen al *Necronomicón*...

La mujer le miró como si no supiera de qué estaba hablando.

—Un libro ficticio que creó un escritor norteamericano, Howard Phillips Lovecraft, a principios del siglo pasado —explicó Miller—. Fue un recurso literario que utilizó para dar credibilidad a sus relatos de terror, y de hecho lo adornó de tal lujo de detalles que hubo gente que creyó que era real. Incluso hoy día hay quien está convencido de su existencia. Según informaciones del propio Lovecraft, fue escrito por un árabe llamado Abdul Alhazred sobre el año 700 después de Cristo y su título original era *Al'Azif*.

—No sabía nada de eso —aseguró Perenelle, y parecía sincera—. Quizá ese hombre conocía la historia del Libro y la usó para su trabajo.

—Es posible —admitió Miller, cansado y decepcionado—, pero más bien creo que alguien les estafó con ese ejemplar del que habla y en realidad sólo se trata de uno de los muchos Necronomicones falsos que circulan por ahí.

La mujer le observó en silencio y luego sonrió como si hubiese contado un chiste que sólo ella había entendido.

—Le aseguro que no es así —negó, absolutamente convencida—. Ese libro se lo compró mi marido a un mercader árabe que dijo llamarse Abdul en el año de Nuestro Señor de 1355.

—A ver —El inspector Benson hacía titánicos esfuerzos para conservar la calma, pero no lo conseguía—. ¿Me está diciendo que el cadáver de ese hombre se levantó y se marchó con toda tranquilidad?

El funcionario del Depósito parecía tan molesto y fastidiado como él. Estaban delante de los monitores de vigilancia del recinto, repasando los vídeos una y otra vez.

—Usted mismo ha visto lo que sale en las cámaras, inspector. No es un invento nuestro.

—¡Pero, por Dios, ese hombre estaba muerto!

—Pues evidentemente no era así —le rectificó el funcionario—. Mire, yo sólo puedo decirle lo que muestran las cámaras. Lo demás no es trabajo mío. Estoy tan desorientado como usted.

Benson había visto los vídeos, efectivamente. En ellos se podía ver con toda claridad cómo Nicholas Farmer, el anciano al que todos creían muerto sólo unas horas antes, pasaba por delante de los objetivos de las mismísimas puertas del Depósito de Cadáveres. No eran más que dos segundos de secuencia, ya que, por lógica, las únicas cámaras que había en aquellas instalaciones eran las que registraban las entradas y salidas. Dos segundos en los que había quedado grabado lo imposible. A su lado, McDonald miraba el rostro congelado en los monitores. No había la menor duda. Era el mismo rostro que en las fotografías que documentaban sus expedientes aparecía sobre un cuello cortado con tanta brutalidad que tenía seccionada por completo la tráquea.

—¡De acuerdo! —estalló por fin el inspector, sin poder contenerse—. ¡Magnífico! ¡Ahora también tenemos un maldito zombi deambulando por Londres! ¡Lo que me faltaba!

McDonald decidió intervenir para que su compañero se serenase y le cogió de un brazo, apartándole de allí.

—Aquí no conseguiremos nada más —le comentó en voz baja—. A ver mañana qué explicación nos da el director del Depósito. Porque esto debe tener alguna explicación lógica, estoy seguro.

—¡Claro que debe tenerla! —rugió Benson, procurando en cambio que todo el mundo le oyera—. ¡Y también tendrá consecuencias, ya me encargaré yo de eso!

—Creo que sería mejor que nos marcháramos —sugirió McDonald.

Una vez fuera, Benson encendió un cigarrillo con dedos temblorosos y ofreció otro a su compañero, que lo aceptó. Aquello estaba empezando a ser demasiado para él y los nervios le traicionaban. No sólo se las tenía que ver con un psicópata que iba dejando un reguero de cadáveres, sino que ahora esos mismos cadáveres se dedicaban a dificultarle el trabajo.

—Evidentemente alguien se ha llevado ese cuerpo —razonó—, y sólo ha podido ser nuestro hombre. No sé cómo ha logrado sacarlo de aquí, pero lo más seguro es que el que aparece en esos monitores sea él disfrazado de Farmer. Hay que volver a repasar esas grabaciones.

—De eso ya me ocuparé yo —se ofreció McDonald—. Tú deberías descansar un poco.

Benson le miró con ira no disimulada, pero casi al momento suspiró y asintió.

—Sí, es lo que voy a hacer. Estoy demasiado tenso. Llevo días que no duermo bien.

McDonald le dio un golpe cómplice en el brazo, sonriendo comprensivo.

—Se te nota. Anda, ve a acostarte y ya verás como mañana estás como una rosa.

El inspector Benson devolvió a su compañero una sonrisa triste y se dirigió al coche en silencio. Realmente se sentía al límite de sus fuerzas. No veía el momento en que sus superiores decidieran por fin apartarle del caso de una vez. Media hora más tarde estaba ya abriendo la puerta de su hogar. Eran casi las dos de la madrugada, así que procuró moverse con cuidado para no despertar a Martha, su mujer, que tenía que levantarse temprano. Trabajaba como cocinera en una empresa de catering y, aunque a medio día ya estaba en casa otra vez, el madrugón no se lo quitaba nadie.

Se preparó un café en la cocina, intentando extraer de su cabeza la idea de que hubiera un hombre muerto caminando a sus anchas por la ciudad. Sabía que era una labor inútil, sin embargo. No conocía a ningún policía que no se llevase el trabajo a casa, que no se obsesionase hasta convertirse en una cifra más de las terribles estadísticas que demostraban que era uno de los oficios con los índices más altos de depresiones nerviosas, y también de suicidios. ¿Qué tendría aquel cadáver para que Hermes se hubiese arriesgado a robarlo? ¿O quizá aquello formaba parte también del mensaje oculto que, según Abberline, quería transmitir el asesino?

Cuando se fue a la cama le sorprendió que Martha no estuviera en ella. ¿Se había levantado sin que él se diera cuenta? Se dirigió al cuarto de baño para ver si se encontraba allí, y al advertir que no era así la buscó por el resto de la casa, obteniendo el mismo resultado. Preocupado, se preguntó qué habría pasado para que su mujer hubiese tenido que salir en plena noche sin avisarle siquiera, y sólo se le ocurrió que le hubiese sucedido algo grave a alguien de la familia. La llamó al móvil y se sobresaltó al oír la melodía del teléfono de su esposa en el dormitorio. Se acercó al sonido. La pantalla del móvil brillaba en la oscuridad entonando una cancioncilla de moda. Colgó. Accionó el interruptor del plafón del techo y a su luz vio que había un papel sobre las sábanas revueltas. Lo cogió como en un sueño. Reconoció al instante la tipografía de las letras mecanografiadas, así como el estilo de las frases, y sintió que la angustia le atravesaba las tripas como un lanzazo.

LA EMPERATRIZ A CAMBIO DEL ERMITAÑO.

No había número.

Entonces el teléfono de Martha empezó a sonar de nuevo, y esta vez no era él el que llamaba.

Lewis Miller y su desquiciada compañera de viaje se alojaron en una pensión aquella noche, en habitaciones separadas pero contiguas. Miller no dejaba de repetirse que, lejos de haber encontrado respuestas a sus preguntas, en realidad todo se le había complicado más. Lo que le había contado aquella mujer no podía ser cierto, sencillamente era imposible, incluso delirante. Una secta satánica que buscaba un libro supuestamente escrito por un ángel y que custodiaban dos inmortales. Absurdo a más no poder. Perenelle le había dicho que no sabía porqué su supuesto marido quiso ponerse en contacto con él, sin embargo creía que le estaba mintiendo también en eso.

No sabía qué hacer. ¿Ir a la policía con esa historia? Sí, tal vez fuera lo mejor. Llevaría consigo a aquella lunática y que se ocupasen ellos de todo lo demás. Se darían cuenta de que él no tenía nada que ver, que le habían metido en aquel asunto contra su voluntad. Además, necesitaba protección.

Sentado en la cama de aquel cuarto, pensó en aquel nuevo *Necronomicón* surgido de los delirios de la señora Farmer. El "Libro de las leyes de los muertos" (pues tal sería la etimología de unir las palabras griegas νεχροσ (necros) y νομιχῷσ (nomicós), declinados neutro singular, y no "Libro de los nombres muertos" como lo llamaban los seguidores de Lovecraft) era otro de los volúmenes que se había propuesto investigar, naturalmente siempre comprendiendo que, como todos los demás de su peculiar lista, debía ser sólo producto de la imaginación, por lo que dicha búsqueda debía realizarse en un terreno puramente especulativo sin pretender ir más allá. Siempre según su auténtico creador, el insigne Lovecraft, aquel grimorio maldito fue escrito efectivamente en Damasco en el año 730, y su título en árabe era cierto que hacía referencia a la música producida por instrumentos, además de a las voces de los demonios en el desierto, cosas ambas equiparadas por muchos intérpretes del Corán de la Edad Media ya que distraían al creyente del pensamiento de Dios. Mientras se documentaba sobre él, y sobre la biografía del personaje al que Lovecraft atribuía la autoría del libro, aquel Abdul Alhazred irreal (cuyo apellido era impensable en el mundo musulmán, y más bien parecía una deformación de las palabras inglesas *"all has read"*, como asegurara el propio Lovecraft), Miller descubrió algunas interesantes coincidencias con ciertos hallazgos arqueológicos realizados en las últimas décadas: según el escritor americano, Alhazred nació en Saná, Yemen, y visitó la perdida Irem, una mítica ciudad mencionada en el Corán, durante su deambular por el desierto de Roba el Khaliyeh, y al parecer en 1990 se habían encontrado pruebas de la existencia de una ciudad sepultada en las arenas de Rub'al Khali, al sur del Yemen, que podría tratarse de la legendaria Ubar de los beduinos, también llamada Irem la de los Pilares, la patria del pueblo de Ad que fue destruida por la cólera de Alá. Otro detalle que le había resultado sumamente curioso era el referido a Eleazar de Worms. Lovecraft afirmaba que un tal Olaus Wormius tradujo la versión griega del *Necronomicón* al latín en el año 1228, lo cual era totalmente imposible ya que ese personaje vivió en Dinamarca en el siglo XVI, sin embargo Eleazar de Worms, uno de los padres de la cábala judía, sí era de la época nombrada por el escritor americano, y también recordaba que había escrito un libro titulado *Sodei Razayya*, famoso por contener las fórmulas mágicas para crear un gólem. Miller recordaba que, para ganarse la confianza del viejo Farmer y que le permitiese revisar su biblioteca, le había revelado todos aquellos datos. Y, evidentemente, su mujer —si lo era de verdad— los había obtenido de él e incorporado a sus fantasías.

Debía admitir que, como mínimo, aquellos desvaríos resultaban interesantes. Relacionaban de un modo insólito varios textos legendarios con bastante habilidad. Perenelle había nombrado también el *Libro de Thoth*, el mítico compendio de sabiduría que los herméticos atribuían al dios escriba de los egipcios, sincretizado más tarde por los griegos en el huidizo y complejo Hermes. Comparar a Thoth y Hermes con Raziel tampoco parecía descabellado: los tres eran los guardianes de la sabiduría y los misterios de sus respectivas religiones, los tres eran representados como escribas y mensajeros; los tres, además, entregaron sus secretos a los hombres.

La línea de sus pensamientos provocó que algo finalmente arañase las puertas de su subconsciente hasta conseguir salir. Muchos estudiosos de las ciencias herméticas opinaban que lo único que se conservaba en la actualidad del original Libro de Thoth eran las figuras representadas en los arcanos del Tarot. Y esto le hizo recordar el escenario de la muerte de Farmer.

No fue mi padre ni el Caos, ni el Oreo, ni Saturno, ni Júpiter, ni otro alguno de esta anticuada y podrida familia de dioses, sino Plutón, aquél que, a pesar de Hesíodo y Homero y hasta del mismo Júpiter, es el verdadero padre de los dioses y de los hombres.
(Elogio de la locura, Erasmo de Rotterdam)

Capítulo Seis

Medio loco de angustia, Andrew Benson permanecía aferrado a la almohada, en el lugar que siempre solía ocupar su esposa en la cama, contemplando la oscuridad con los ojos abiertos. Llevaba así desde que aquella voz del teléfono le había dicho que, si informaba a alguien de lo que había pasado, no volvería a verla con vida. Imaginar a Martha en manos de aquel loco, lo que podía hacerle, era más de lo que su razón podía soportar. Quizás incluso ya estuviera muerta, con el cuello cortado y rodeada de objetos absurdos, tirada en algún callejón, a pesar de que Hermes le había dicho que lo único que quería era canjearla por Lewis Miller.

—Su esposa a cambio de ese hombre —le había ofrecido su voz hueca, deformada, totalmente irreal—. Uno de los dos tiene que morir. Usted elige.

—¡Pero no sé dónde está! —casi sollozó el policía, desesperado.

—Pues si yo fuera usted lo averiguaría como pudiera. Y rápido. Cuando lo sepa, llámeme a este número. Ah, y no se moleste en intentar rastrearlo, porque descubriría que en realidad no existe.

Naturalmente ni por un momento pensó en desobedecer, aunque sabía por propia experiencia que lo mejor en caso de secuestro es comunicarlo de inmediato a las autoridades, dejándolo todo en manos de profesionales. Sin embargo aquél no era un secuestrador cualquiera: no buscaba dinero, ni tenía motivaciones políticas. Era un demente que ya había matado a tres personas por lo menos, movido sólo por sus oscuras fantasías, y no creía que ningún experto policial pudiese controlar aquella situación sin poner en peligro a Martha. No quería arriesgar la vida de su esposa, aunque ni siquiera sabía si ésta seguía viva.

No dejaba de pensar en el día que la conoció, en la discoteca "Ministry of sound" de Gaunt Street: por aquella época él preparaba las oposiciones de ingreso en la policía y ella estudiaba hostelería. Era tan guapa... Eclipsaba todo el resto del local con su presencia, y, de no haber sido por las copas que llevaba de más en el cuerpo, nunca se hubiese acercado a ella. Por eso ahora solía bromear diciendo, cuando alguien hablaba mal del alcohol, que gracias a él estaba con su mujer. Llevaban más de quince años casados y hacía poco que habían iniciado los trámites de adopción, ya que, aunque los dos eran fértiles en teoría, incluso la inseminación artificial había fallado. Eso era lo único que enturbiaba su relación, pero la quería como el primer día. Más aún incluso.

Eran las cuatro y cuarto de la mañana, según la pantalla digital del despertador, cuando empezó a sonar su teléfono móvil, pero esta vez la llamada era de la comisaría. Se quedó mirando con expresión perpleja el pequeño aparato, que chillaba desesperado reclamando su atención. ¿Se habrían enterado de alguna manera? ¿Habían encontrado el cadáver de Martha tal vez...? Con el corazón golpeando violentamente en su pecho como un tambor de galeotes, atendió la llamada.

—¿Diga? —susurró, temeroso.

—¿Inspector...? —contestó un agente de su equipo—.

Perdone por despertarle, pero es que la PNC ha detectado un movimiento reciente en la tarjeta de crédito de Miller. Un pago en una pensión realizado anoche. ¿Quiere que mandemos un coche patrulla para que le tomen declaración?

Benson no contestó. Pensaba en su esposa, en el cuchillo que debía tener en aquel momento apoyado en la garganta amenazando su vida.

—¿Inspector? —reclamó la voz al otro lado del aparato.

—No, no —respondió él por fin—, ya me ocuparé yo. Dime dónde está esa pensión.

Cuando la comunicación se cortó, Benson permaneció inmóvil durante varios minutos. Luego, sus ojos se posaron en el teléfono móvil de su esposa.

El Asesino dejó su coche aparcado en doble fila, en la esquina de una manzana destinada por el día a carga y descarga de mercancías, y, tranquilamente, abrió la guantera. De ella extrajo un paquete de guantes quirúrgicos y se puso un par de ellos sin dilación; luego también sacó un revólver Taurus 85 calibre 38 especial, completamente pavonado, un spray con gas halotano y un cuchillo "Yarara", objetos que repartió entre los bolsillos de su cazadora. Salió del vehículo y lo cerró. La madrugada se anunciaba por encima de los edificios. Se quedó un momento contemplando la claridad que se abría camino lentamente en el cielo. Le gustaba ver amanecer. El aire tenía una frescura especial en aquellos instantes.

Suspiró y se dijo con tristeza que debía proseguir con su labor. La siguiente víctima le esperaba. En la ocasión anterior se le había escapado, pero esta vez no fracasaría. Sin prisas, se dirigió a la pensión en la que pernoctaba Lewis Miller y tocó el timbre al tiempo que echaba un último vistazo a la gradación de la alborada. La calle estaba desierta y sólo unos pocos coches cruzaban a toda prisa el asfalto.

Una voz le preguntó desde el altavoz del portero automático:

—¿Sí?

—Querría alquilar una habitación —contestó con naturalidad.

Le abrió la puerta un hombre gordo con ojos somnolientos y grueso bigote y, antes de que pudiera verle la cara, el Asesino le lanzó un chorro del gas anestésico a los ojos. El pobre desgraciado fue a soltar un grito, pero se lo impidió tapándole la boca y le empujó hacia dentro, metiéndose él también en la portería. Le roció de nuevo con el gas. Corría el riesgo de matarle, sin embargo eso no le importaba en absoluto. El Asesino contenía la respiración para no verse afectado también. El otro hombre se debatió durante varios segundos, luchando contra los efectos del gas, pero al final acabó derrumbándose como un árbol talado, casi a cámara lenta. Cerró la puerta de la calle y le registró los bolsillos hasta dar con las llaves de las habitaciones. Debería revisarlas una a una, pero tenía suficiente tiempo y gas como para no tener problemas. Muy despacio, sin hacer el más mínimo ruido, empezó a subir las escaleras.

No conseguía dormir.

Cada vez que cerraba los ojos, el cerebro de Miller se llenaba de imágenes demenciales de figuras del Tarot decorando libros prohibidos, serpientes con cuernos que recorrían ondulantes el firmamento como las luces de la aurora boreal, y monjes con hábitos negros en las proas de barcos pirata. Nada tenía sentido. La Fraternidad Negra, por lo poco que se sabía de ella, era un grupo muy reservado y elitista, encuadrado en el llamado anarco-satanismo, muy misterioso, sí, pero totalmente inofensivo. No había constancia de que hubiesen cometido nunca un delito. Tampoco parecían tener atractivo alguno para los estudiosos de las conspiraciones, lo cual no dejaba de resultar curioso. Eran tan oscuros como anodinos. En los pocos artículos que había obtenido sobre ellos se hablaba de algunos de los diferentes enclaves donde se ubicaban, entre ellos Londres, Cerdeña y Menfis dentro del Mediterráneo, y de conceptos enigmáticos como la "Voyo", la "Taco Sakra" o la "Guturi". La más estricta observancia del secreto, o "Taco Sakra" (sagrado silencio), era la regla básica de los Frati, hasta el punto de condenar a "muerte espiritual", fuera eso lo que fuera, a quien la quebrantase, y al parecer practicaban ritos de una forma extraña de magia llamada "Magio Dolora". Se consideraban a sí mismos monjes guerreros y predicaban el anarquismo más radical, posible sólo a través de una revolución traumática según sus propios postulados, pero sin embargo nunca actuaban. ¿Quizás esperaban algo? ¿Una señal divina?

¿Podía ser encontrar el *Necronomicón* esa señal? Perenelle había comentado que necesitaban ese libro para liberar a la ofídica divinidad a la que adoraban, y la leyenda literaria de los denominados "Mitos de Cthulhu" insinuaba que entre sus páginas había fórmulas mágicas para invocar a criaturas muy antiguas. ¿Tal vez el Azathoth lovecraftiano era el Shemhazai (que en hebreo significaba "El poder del nombre divino", Shem'azza) de los cabalistas? ¿Nyarlathotep sería entonces R'zyal, Raziel, "el secreto de Dios", alias Thoth y Hermes, el mensajero de los dioses? Pensó también en el lugar en el que pretendidamente voces demoníacas habían inspirado al árabe loco Alhazred: en la actual frontera de Siria, muy cerca de los restos arqueológicos de Ugarit hallados en 1928, había una montaña llamada Jabal Al-Aqra, que los amorreos llamaban Sephon y los romanos Cassius, y que muchos historiadores relacionaban con el mítico monte Sión de la Biblia, también identificado a veces como Horeb, el lugar en que según la leyenda estaba aprisionado Shemhazzai. En la antigüedad era el centro del culto cananeo a Ba'al, el dios de la lluvia semita que, según los textos ugaríticos, se opuso a la voluntad de su padre Dagón de rendir pleitesía a Yam, el señor del mar, como su sucesor, al que derrotó en una batalla apocalíptica, para ser luego encerrado en los infiernos por el dios de la muerte, Mot. A Ba'al también se le conocía como Ba'aliyan y Ba'alzabul, entre otros calificativos, que luego se convirtieron en Belial y Belcebú en los textos católicos, nombres destinados a demonios.

Sí, toda aquella sucesión de disparates podía parecer absurda, pero mentes retorcidas podían llegar a esas mismas conclusiones con facilidad. Era lo que en lógica se conocía como falacia: si en un razonamiento se empleaban premisas erróneas, el resultado sería también erróneo, pero indiscutiblemente lógico.

Por lo tanto podía haber cierta verdad en las afirmaciones de Perenelle. Después de todo, no era realmente necesario que existiese el *Libro de Raziel*, sólo que alguien creyese en su existencia. La Historia estaba llena de terribles atrocidades basadas en bulos inverosímiles, desde la caza de brujas al exterminio nazi. Que alguien asesinase por un libro imaginario no era, después de todo, tan disparatado en un mundo en el que el fundamentalismo estrellaba aviones contra edificios llenos de miles de personas.

Así que era posible que unos hombres, tal vez pertenecientes a la secta de la Frati Nigra, tal vez no, pensasen que él sabía algo sobre el *Necronomicón*, ya que había tenido contactos con Farmer. Y, evidentemente, esos hombres estaban peor aún que la esposa del malogrado anticuario.

Estaba empezando a sucumbir al cansancio cuando algo le hizo desvelarse de nuevo. Con los ojos fijos en el techo de la habitación, se preguntó de dónde vendría aquel crujido que se escuchaba de pronto. Su imaginación le sugirió ideas absurdas sobre ramitas y hojas secas aplastadas por cuerpos escamosos que se deslizaban, pero enseguida comprendió que era sólo la puerta.

¡La puerta!, se sobresaltó.

¡Se estaba abriendo!

Sin pensarlo, se levantó de un salto de la cama y cargó contra la hoja de madera entornada ya, cerrándola de nuevo de golpe. La persona que había al otro lado empujó con fuerza intentando entrar. Miller resistió. Los impactos se hicieron más violentos, hasta tal punto que creyó que los goznes saltarían del marco, pero luego súbitamente pararon y la punta de un cuchillo atravesó la madera muy cerca de su cara con un gruñido seco, para retirarse casi al instante.

—¡Socorro! —comenzó a gritar, al tiempo que se apartaba—. ¡Socorro!

Sonó un disparo y el escritor sintió una quemadura en el costado derecho. En la siguiente embestida el Asesino entró bruscamente en la habitación, y al no haber nada que le opusiera resistencia trastabilló y estuvo a punto de derrumbarse. Miller aprovechó para darle un golpe que acabó de desequilibrarle y salió huyendo. Oyó otro disparo, pero no se entretuvo en mirar dónde había dado.

Bajó las escaleras tan deprisa que estuvo a punto de caerse. Entonces vio que en el portal había un hombre tendido en el suelo, que reconoció como el portero y, a su lado, otro arrodillado que al instante se puso en pie. Miller comprendió que estaba salvado. Era el policía que le había estado interrogando en comisaría sólo unos días antes.

—¡Inspector! —gritó para avisarle, pero de pronto se detuvo en seco.

Benson había sacado su arma.

—¡Apártese, Miller! —gritó Benson.

El escritor obedeció. Benson apuntaba a la escalera, por la que bajaba Hermes con inexplicable parsimonia, el cual se detuvo también al descubrir al policía. Encañonó a Miller, sonriendo. Era un hombre delgado, moreno, y ataviado completamente de negro. Al fijarse en él, Miller pensó en los Hermanos Negros de la Isla Tortuga de los que le había hablado Perenelle.

—¡Inspector! —dijo el Asesino, divertido en apariencia—. ¡Creía que teníamos un trato! ¡No intervenga o ya sabe lo que pasará!

El inspector amartilló el arma, decidido.

—¡No pasará absolutamente nada si te pego un tiro aquí mismo! —le contradijo—. ¡Suelta el arma y entrégate!

Hermes volvió a sonreír mostrando una mueca diabólica. Miller no sabía qué hacer. No podía dejar de mirar el cañón que le señalaba como un terrible dedo acusador, y también era incapaz de moverse.

—¡Suéltala! —repitió Benson.

Durante unos dramáticos segundos la escena pareció congelada, un cuadro lleno de sombras y cargado de tensión, pero luego el Asesino alzó el brazo armado hacia el techo.

—Omni komensas kun la morto —empezó a recitar, mirando al suelo—. Mortez di maniero tua et komprenez vua morto, la grandeso di vua sakrifico. La morto te pontiga a tu por la vivo, te pontiga a tu por la voyo di la obskurezo a la lumo[3]...

—¡Suéltala te he dicho!

Hermes se acercó el arma a la sien, muy despacio.

—To esas la voyo, to esas la sakrifico[4]...

—¡No! —gritó el policía, comprendiendo lo que iba a hacer y pensando al mismo tiempo en su esposa secuestrada.

El Asesino disparó, volándose la cabeza. El cadáver rodó

[3.] Todo comienza con la muerte. Muere a tu manera y comprende tu muerte, la grandeza de tu sacrificio. La muerte te lleva por la vida, te lleva por el camino de la oscuridad a la luz... (Extraído de la Biblia Frati)
[4.] Ese es el camino, ése es el sacrificio...

por la escalera deteniéndose a los pies de Benson, que lo observó atónito. Miller también estaba estupefacto por lo sucedido. En lo alto aparecieron varias personas, entre ellas Perenelle.

—Dios mío —dijo alguien.

Benson se inclinó sobre el muerto. Todo el lateral derecho del cráneo le había estallado y el resultado no era nada agradable de ver. Miller se recuperó de su parálisis y comprobó la herida de su costado, que sangraba bastante y tuvo que taponarla con la mano. El inspector sentía deseos de patear con rabia lo que quedaba de la cabeza de aquel desgraciado.

—Qué hijo de puta —masculló, desesperado, y se volvió hacia el escritor—. ¿Ha entendido lo último que ha dicho? Era latín, ¿verdad?

—No, era esperanto —contestó éste, alzando la mirada hacia Perenelle, que se la devolvió desde lo alto de la escalera.

—¿Y qué ha dicho?

—No lo sé, sólo he entendido algunas palabras. Algo sobre el sacrificio y la muerte como el camino de la oscuridad a la luz.

—Qué hijo de puta —volvió a decir el inspector.

Registró sus ropas y encontró el spray, el cuchillo, las llaves de un coche y una tarjeta en la que ponía "NO HABRÁ LUZ EN EL CAMINO", numerada con un cinco. Benson se quedó contemplando aquel trozo de papel como si estuviese hipnotizado. Un cinco. ¿Y el cuatro? ¿Sería el cadáver que encontraron en la casa de Miller? Temió lo peor. Cogió su teléfono móvil y llamó a comisaría mientras volvía a revisar al muerto para cerciorarse de que no se le escapaba nada.

—Que no salga nadie de aquí —ordenó a Miller, y salió a la calle en busca del coche del asesino.

Miller, renqueante, volvió a subir la escalera y se encaró a la mujer de Farmer, que parecía aterrorizada tras lo que había pasado.

—¿Quién era ese hombre?

Perenelle negó con la cabeza.

—No lo sé —aseguró, pero luego dijo—. Un asesino de la Hermandad. ¿Me cree ahora?

—¿Está segura? ¿No sería sólo un loco que de algún modo hubiese tenido conocimiento de sus absurdas teorías? ¿Está completamente segura de que no le conoce?

—¡Sí, estoy segura! —se exasperó—. ¿Qué más pruebas necesita? ¡Todo lo que le he dicho es verdad!

El resto de las personas que ocupaban la pensión les estaban mirando con una mezcla de espanto y curiosidad. Miller sintió un pinchazo agudo en la herida y se quejó. Perenelle descubrió su hemorragia.

—¡Está sangrando!

Le ayudó a llegar a su habitación, sacó la sábana de la cama y, con unas tijeras que llevaba en el bolso, se dedicó a cortarla en gruesas tiras mientras le ordenaba que se quitase la camisa. Miller obedeció al instante. No quería pensar en los gérmenes que podía tener aquel lienzo de tela con el que iba a taparle la herida.

—De acuerdo —admitió el escritor mientras se despojaba de la parte superior de su ropa—, aceptemos que ese tipo podía ser un Frato. Por lo menos sabía esperanto y parecía conocer cosas propias de esa secta. ¿Y ahora qué?

Perenelle se puso a limpiarle la herida.

—¿A usted qué le parece? Quieren ese libro y no pararán hasta obtenerlo.

—¡Pero esto es una locura! ¡Yo no sé dónde está!

—Al parecer ellos piensan lo contrario —Perenelle empezó a envolverle la cintura con los trozos de tela, comprimiendo la herida para que dejase de sangrar—. No se preocupe, es sólo un rasguño.

—Sin embargo, no tiene lógica. Han intentado matarme dos veces. Si creyesen que conozco el paradero del libro, y si efectivamente ellos lo andan buscando, me preguntarían por él, intentarían arrancarme la información como fuese, no asesinarme de buenas a primeras. A menos...

Perenelle había terminado de vendarle y le miró, entendiendo lo que quería decir.

—No, es imposible que lo hayan encontrado. Nicholas nunca les revelaría dónde lo escondió. Además, si lo tuviesen dejaríamos de interesarles.

—¿Entonces por qué quieren matarme?

—Necromancia —le respondió la mujer.

—¿Cómo?

—No se haga el tonto, ya sabe lo que es: la adivinación a través de los muertos. Resulta más fácil interrogar a un muerto que a un vivo.

Lewis Miller sintió vértigo, y no supo si era por la pérdida de sangre o por la naturalidad con la que aquella mujer hablaba de cosas tan demenciales. ¿En qué clase de mundo se estaba metiendo? De la noche a la mañana la razón parecía haberse escapado de su vida. Cada paso que daba parecía adentrarle más en el caos. Decidió que ya tenía bastante de todo aquello.

—Bueno, a partir de ahora que se ocupe la policía —dijo, vistiéndose de nuevo—. Les contaremos todo y pediremos protección por si acaso.

—No lo entiende, ¿verdad? Esa gente lleva cientos de años preparándose para esto. No son una secta que busca niñatos a los que sacarles los cuartos. Se han infiltrado cuidadosamente en todos los centros de poder: gobiernos, medios de comunicación, "lobbies"... Incluso la Casa Blanca y el Vaticano.

—¿Pero cómo puede esperar que me crea eso? —estalló el escritor—. Me recuerda demasiado a esas historias del Nuevo

Orden Mundial, que sólo se basan en unas supuestas cartas de Albert Pike y en una interpretación peregrina de los símbolos y la historia. ¿Qué pruebas tiene de todo lo que me está contando?

—Sólo tengo una —le respondió—. ¿Le basta el *Libro de Raziel*?

El instinto de investigador de Miller se despertó e hizo que olvidase todo lo demás de un súbito plumazo.

—¿Lo tiene? —inquirió.

—Tengo una pista que me dio mi marido sobre dónde está, pero debe ser interpretada. Es un acertijo: "Sator arepo tenet opera rotas".

Miller pestañeó, sin comprender nada.

—¿Ya está? ¿Sólo eso? Es un palíndromo latino muy conocido. El Cuadrado Mágico.

—El granjero Arepo maneja las ruedas con maestría —tradujo la mujer.

—Algunos expertos mantienen que Arepo podría no ser un sustantivo, sino la corrupción latina de una expresión agrícola celta, arepennis, el límite de una propiedad, con lo que la traducción correcta debería incluir ese concepto.

—¿Entonces sería "El granjero, en el límite de su propiedad, maneja las ruedas con maestría"?

—Algo así —reconoció el escritor—. El granjero es, evidentemente, su marido[5]. Como nos habla de ruedas, lo más fácil sería pensar en un coche. ¿Podría haberlo ocultado en su automóvil?

—No. Allí no está, ya lo comprobé.

—Hubiese sido demasiado fácil. ¿Tenía quizás alguna explotación agrícola o ganadera? —La mujer negó con la cabeza, por lo que continuó con sus elucubraciones—. Hay

[5.] Farmer=granjero.

también quien quiere ver en ese texto un símbolo secreto de la cristiandad primitiva en los tiempos de Nerón, con lo que podría referirse a una iglesia, o ser una metáfora funeraria, lo que nos llevaría tal vez a un cementerio. ¿Dónde será enterrado su marido?

Perenelle Farmer se volvió de espaldas, repentinamente emocionada.

—No lo he decidido aún. Nunca habíamos pensado en esa posibilidad.

Miller sacudió la cabeza, diciéndose que no debía olvidar que estaba hablando con una chiflada. Se preguntó por qué continuaba con aquella farsa. Ni siquiera sabía si de verdad era la viuda que decía ser, e, incluso en el caso de que no mintiera en eso, también resultaba posible que su marido estuviese tan perturbado como ella. Tanto como debía estar él mismo por hacerle caso.

—Claro —suspiró—. ¿Pero dónde piensa que le hubiese gustado que le enterrasen?

La mujer se quedó pensando un rato.

—Supongo que en el Cementerio de los Santos Inocentes de París. Allí está nuestro mausoleo.

Miller recordó que, efectivamente, allí se encontraban las tumbas de Nicolas y Perenelle Flamel, en Saint Jacques de la Boucherie. La leyenda afirmaba que en cierta ocasión se intentaron exhumar los cadáveres de ambos pero no fueron encontrados. Formaba parte del conocido misterio que rodeaba a aquellos dos personajes históricos.

—Sí, por supuesto, debí imaginarlo. ¿Cree que su marido pudo llevar el libro hasta allí? ¿Recuerda si había allí algún cuadrado mágico?

—Fue hace mucho tiempo y no lo recuerdo. Nicholas lo hizo construir y era muy hermoso, pero no... No lo sé.

—De acuerdo. No sé si yo también me estoy volviendo loco, pero le voy a dejar un margen para la duda. Vámonos.

Perenelle pareció sorprendida de su reacción.

—¿A dónde? ¿A París?

—Antes vamos a intentar agotar otras posibilidades.

El coche del asesino era un Alfa GT prácticamente nuevo, con la carrocería negra, que permanecía estacionado en doble fila en el mismo lugar donde lo dejó su dueño. Reaccionó a la llave electrónica desde una gran distancia, así que a Benson no le resultó difícil encontrarlo. Lo registró sin el menor miramiento. La documentación estaba a nombre de un tal Edward Baker, odontólogo, y halló varias revistas de medicina en la guantera. Revisó el maletero, por si acaso, pero estaba por completo vacío, por lo que volvió a llamar a la comisaría para avisar de que se dirigiría al domicilio que figuraba en los papeles de propiedad del vehículo, porque tenía sospechas de que allí había una persona secuestrada, sin especificar de quién se trataba. Ya oía varias sirenas que se acercaban. Ellos se ocuparían de lo que había en la pensión y de Miller. Puso en marcha el motor y salió chirriando ruedas, recorriendo las calles cada vez más llenas de vida a gran velocidad.

Diez minutos más tarde estaba en la dirección indicada, en un edificio de apartamentos del distrito de Covent Garden. Llamó al timbre pero nadie respondió. Angustiado, y sin pensar en las consecuencias que podía tener para su carrera entrar en una vivienda sin la correspondiente orden judicial, voló la cerradura de un disparo y se coló dentro. El lugar parecía desierto, sin embargo registró cada habitación con cautela, llamando sin parar a su esposa.

La encontró en el cuarto de baño, metida en la bañera, degollada...

Tú eras. Y cuando la llama subterránea
Rompa su prisión y devore la forma,
Todavía serás Tú, como eras antes,
Sin sufrir cambio alguno cuando el tiempo no exista.
¡Oh, mente infinita, divina Eternidad!
(Rig Veda)

Capítulo Siete

Viajaron en metro hasta Saint Pancras y una vez allí se dirigieron a la British Library. Miller confiaba en poder obtener alguna información útil en aquel lugar, pero pronto se convenció de que no sería tan sencillo. En su base de datos el Cuadrado Sator—Arepo sólo aparecía como referencia a Pompeya y a un museo de Manchester y no había ningún registro de monumentos que tuviesen ese adorno, y menos aún de tipo funerario. Si alguien lo había usado como ornamento en una tumba moderna no estaba allí reflejado, por lo que la única alternativa que quedaba para encontrarlo sería la inspección ocular de todos y cada uno de los cementerios de la zona, cosa que les llevaría días o incluso semanas.

¿Quizás la clave no era el palíndromo en sí, sino su contenido? "Sator arepo tenet opera rotas". En 1926 Félix Grosser descubrió la supuesta relación paleo-cristiana de la famosa inscripción, y lo argumentó mediante una complicada reordenación de las letras que daba como resultado una cruz formada por dos "Paternoster", un juego intelectual que no hacía más que alimentar el misterio.

Sentado ante un grueso tomo dedicado al Imperio Romano, el escritor se dijo que a lo mejor estaban mirando donde no debían. ¿Dónde puedes esconder un libro y confiar en que nadie lo encontrará? ¿Entre otros libros, camuflándolo de alguna manera, tal vez con unas tapas falsas? No, demasiado arriesgado. Alguien podría cogerlo por error.

—¿Ésta es la única pista? —preguntó entonces a Perenelle, que estaba a su lado revisando más libros—. ¿No recuerda si le dijo alguna otra cosa? ¿Algo que en su momento no le pareciera importante?

—¿Como qué?

—No lo sé. ¿Tenía su marido alguna caja fuerte en casa? ¿Dónde solía guardar las cosas de valor? ¿Tal vez tenía una de esas cuentas bancarias con caja de seguridad?

—Teníamos una caja fuerte en la casa, sí, camuflada tras una estantería. ¿Cree usted que puede estar ahí?

—¿Una estantería con libros?

—Sí... Pero allí no está.

—Tal vez lo haya ocultado de alguna manera. ¿Conoce la combinación?

—Si no la ha cambiado, sí.

—Entonces tenemos que ir allí —aseguró el escritor, exultante.

—¿Cómo está Benson? —preguntó el doctor Abberline al pasar por la comisaría.

—¿A usted qué le parece? —respondió el inspector McDonald con mal humor—. ¿Cómo se sentiría si descubriese a su mujer muerta en una bañera? Han tenido que ingresarlo con un ataque de nervios.

El psiquiatra sacudió la cabeza, apesadumbrado.

—¿Entonces están seguros de que era Hermes el hombre que se suicidó?

—Al cien por cien. Encontramos en su casa una máquina de escribir que fue la que utilizó para hacer las notas, además del cadáver... No hay ninguna duda de que era él.

—¿Puedo echar un vistazo a los informes?

McDonald se quedó mirándole sin ocultar ahora su antipatía.

—El sumario sigue bajo secreto —se negó—, no puedo entregarle nada. Deberá solicitárselos al juez. ¿En qué está pensando?

—En nada, sólo que me extraña el cambio tan radical en el modus operandi del asesino. De repente pasa del sigilo metódico al más absoluto desorden en su actuación, y el detonante parece haber sido ese escritor, Miller. ¿Le han encontrado por fin?

—Aún no —reconoció el policía—. Huyó en medio de la confusión. Le estamos buscando.

—¿Y por qué huyó, si se supone que su perseguidor ya estaba muerto?

McDonald se encogió de hombros, sin parecer dar importancia a aquel hecho.

—Usted es el loquero. ¿Por qué supone que lo hizo?

—Evidentemente pensó que aún no estaba a salvo. Lo que no entiendo es qué le llevó a suponer tal cosa. En fin, supongo que lo explicará cuando le encuentren.

—No lo dude, doctor.

Abberline se despidió y salió a la calle de nuevo. No había dicho nada de que había estado investigando sobre Lewis Miller y el tipo de libros que escribía: templarios, cabalismo, extraterrestres y toda clase de basura parapsicológica. Quizá ésa era la razón de la obsesión de Hermes por aquel autor de temas pseudocientíficos. ¿Tal vez sospechaba que Miller podía interpretar sus mensajes? Tenía la molesta sensación de que aquel asunto distaba mucho de haber terminado, aunque la policía pensase lo contrario.

¿Por qué un asesino en serie que parecía tener perfectamente claras sus pautas de comportamiento de pronto las abandonaba para embarcarse en una absurda e improvisada persecución? Primero la precipitación le había llevado a equivocarse de víctima en la casa de Miller, luego el secuestro y asesinato de la mujer de un policía, y por fin la irrupción atolondrada en la pensión que había acabado con su suicidio público. Ése no era el método del Hermes calculador y detallista de los crímenes iniciales, en los que se adivinaba una elaborada planificación, tal vez de semanas o incluso meses; más bien parecía la obra chapucera de un aprendiz.

También se había estado documentando sobre el Hermes mitológico. Los historiadores reconocían su importancia en los cultos mistéricos de la antigüedad, cultos que se remontaban a épocas muy anteriores a la Grecia clásica. Su nombre provenía de la palabra herma, que servía para designar a las piedras que se usaban para marcar los caminos. Era, por lo tanto, el dios de los viajeros, de las fronteras y las encrucijadas, del comercio y de los ladrones, pero también de la sabiduría y los secretos, mensajero de los dioses y psicopompo encargado de guiar a las almas hacia el inframundo. La tradición cabalística le emparentaba con el egipcio Thoth y con el bíblico Enoc, lo que no dejaba de ser curioso. ¿Una deidad pagana asociada al primogénito de Caín? Incluso algunos autores también lo identificaban con el Elegguá de los yoruba africanos, y por tanto con la santería, en lo que parecía el colmo del sincretismo más absurdo.

Todo eso seguramente lo sabía Miller. Pero ¿qué más sabía que había levantado el interés de aquel psicópata, hasta el punto de llevarle a su autodestrucción? ¿O no era así?

Abberline sospechaba que el hombre que se había suicidado delante del inspector Benson no era el auténtico

Hermes.

Cortaron el precinto policial y se introdujeron en la casa de Farmer con una llave que tenía Perenelle. El lugar parecía una catacumba, de tan oscuro y tétrico que estaba. Miller recordó la vez anterior que lo había visitado y se dijo que debía haber algo impregnando aquellas paredes, porque volvían a asaltarle sensaciones inquietantes. Aunque quizá sólo fuese el recuerdo del hallazgo macabro que hizo en aquella otra ocasión. Perenelle encendió las luces y se le quedó mirando.

—¿Se encuentra bien?

—Sí, sí...

Pero no era verdad. Le parecía que estaba cruzando un umbral que le llevaría a sitios que en realidad no quería conocer, los límites de un mundo en el que la cordura desaparecería para siempre de su vida. De momento estaba cometiendo un delito. Si continuaba, quizá quedaría atrapado en las mismas paranoias de la mujer que tenía al lado, y todo por un sueño, por una vieja ambición. Por su maldita curiosidad.

Él en realidad no creía en lo sobrenatural. No creía en fantasmas ni mitos, ni siquiera en los ovnis. Llevaba tanto tiempo metido en aquel mundillo, escribiendo sobre él, que sabía que la mayor parte de aquellos fenómenos eran fraudes pergeñados por los mismos que se dedicaban a su divulgación. Y los que no, sencillamente estaban basados en supersticiones y cuentos de viejas, exagerados con fines diversos. Las leyendas eran sólo fragmentos históricos tergiversados con elementos fantásticos, unas veces para ensalzar y otras para difamar. La magia era el intento desesperado del ser humano por controlar una naturaleza que no se dejaba dominar. La religión era el opio del pueblo. Por mucho que había buscado, nunca había encontrado el más mínimo asomo de verdad, ni una sola prueba. Y ahora había entrado en el escenario de la investigación de un crimen pensando que hallaría la maravilla de las maravillas, el secreto más oscuro de los ángeles. Se dijo que estaba a un solo paso de caer al abismo.

Miller siguió a Perenelle a lo largo del pasillo, y luego hasta el despacho donde el anciano había muerto con el cuello cortado. El escritor permaneció un instante dudando en la puerta. Miraba la mesa donde había hallado el cadáver, recordando los ojos acusadores de Farmer fijos en él. Perenelle se dirigió rauda a una estantería donde descansaban varios libros de consulta, los cuales retiró dejando al descubierto la puertecilla de una caja de caudales empotrada con cerradura mecánica, y Miller entonces fue a su encuentro. La mujer manipulaba la rueda y Miller cogió los libros que había extraído para revisar las tapas. No vio nada parecido a un palíndromo o un cuadrado mágico en ellos.

—Si no ha cambiado la combinación... —comenzó a decir Perenelle.

Con un chasquido, la puerta se abrió. Metió la mano y Miller aguardó, expectante. Lo único que sacó fueron algunos papeles y un fajo de billetes.

—Ya me parecía a mí —suspiró, decepcionada.

—Tal vez estaba aquí y se lo hayan llevado —aventuró el escritor, confundido.

—No, Nicholas nunca hubiese cometido el error de dejarlo en un lugar tan obvio. Hubiese sido demasiado arriesgado.

—Pues si usted que le conocía tan bien no tiene ni idea, ya me dirá qué puedo hacer yo. Además, si le dio esa pista sería porque esperaría que usted la descifrase.

—En eso se equivoca. Me la dio para que la descifrase usted.

—¿Yo? —se sorprendió Miller—. ¿Cómo que yo?

—Eso fue lo que me dijo: que sólo usted comprendería la verdad...

Muy lejos, en una lujosa mansión de la isla de Cerdeña, dos de los hombres más poderosos del mundo estaban reunidos en un salón inmenso repleto de obras de arte.

—Mastro —dijo uno de ellos—, nuestros hermanos de la Kunfrataro di la Obskureso han informado de que Hermes ha muerto.

El otro individuo no alteró lo más mínimo su expresión al conocer la desagradable noticia.

—¿Logró cumplir su objetivo? —preguntó tan sólo.

—No.

—Bueno, es sólo un contratiempo que habrá que subsanar de otra manera. ¿Y Flamel?

—Logró esquivarnos de algún modo, pero en el Depósito de Cadáveres se le implantó un dispositivo GPS y no creo que tardemos en localizarle de nuevo.

El Mastro se acercó a un grabado de Gustave Doré que colgaba en una de las paredes y que representaba una escena del Acto XXXIV de la *Divina Comedia* de Dante Alighieri. En él aparecía Lucifer recostado en el interior de una cueva, inmenso y terrible.

—El alquimista siempre ha sido muy esquivo —opinó, sonriendo—. ¿Y el resto de preparativos?

—Todo dispuesto para cuando el original esté en nuestro poder. La Iglesia anunciará la verdad, y los líderes mundiales lo corroborarán.

—Llevamos tanto tiempo esperando...

—Sí, pero esta vez el Demiurgo no podrá evitarlo. La Estrella de la Mañana nos iluminará a todos y venceremos.

Lewis Miller y Perenelle Farmer registraron de forma minuciosa el resto de la casa por si podían encontrar algo de interés, pero lo único que al escritor le llamó la atención fueron unos planos hallados en un escritorio y que, pese a no haberlos visto nunca con anterioridad, reconoció enseguida. Eran sólo unos burdos esbozos realizados en cuartillas amarillentas por una mano que se notaba que no sabía dibujar, pero las formas resultaban inconfundibles a pesar de su tosquedad. Por si acaso, y sin que la mujer lo advirtiera, los guardó entre sus ropas. Otro delito que sumar a su incipiente y recién estrenada carrera criminal.

—Nada —aseguró la viuda al cabo de un rato—. ¿Alguna idea?

—No. Creo que su marido se equivocaba conmigo.

—Créame, mi marido nunca se equivocaba, se lo aseguro. Pero será mejor que nos marchemos de aquí antes de que algún vecino se dé cuenta de que hemos entrado y decida llamar a la policía.

—Tal vez sería lo mejor...

—Ni hablar, vámonos.

De nuevo en el exterior, caminaron sin rumbo fijo y en silencio, sumidos cada uno en sus pensamientos. La ciudad era un torbellino de enloquecida actividad. Miller vio un avión recorriendo el cielo, con su estela blanca detrás. Envidió a quienes estuvieran en su interior, alejándose de los problemas que dejaban en tierra. Cuando era un niño solía soñar con que algún día volaría, como hacía Supermán en los tebeos.

—Ayer me dijo que lograron descifrar ese manuscrito —decidió romper el silencio—. ¿Cómo lo consiguieron?

—Descubrimos que tenía semejanzas con el proto-sinaítico —le repitió la mujer—, una lengua usada por los cananeos hace más de cuatro mil años y que probablemente evolucionó del egipcio. No era exactamente igual, pero sí nos dio las bases para empezar a trabajar. Seguramente se trataba de algún dialecto no muy utilizado y por eso no dejó rastro de su existencia.

—¿Y cómo se explica entonces que un árabe omeya lo conociera? —dudó.

—Yo no he dicho tal cosa. Evidentemente es imposible. Debió copiarlo del original.

—Pero en ninguna parte hay constancia de nada parecido que yo sepa. Puedo aceptar hasta cierto punto que Alhazred, o como diablos se llamase, hubiese podido acceder a algunos restos arqueológicos en los desiertos de Dahna o Rub'al Khali, o tal vez en cualquiera de las muchas ruinas cananeas del levante asiático por las que pudo pasar a lo largo de su vida, que ya es mucho suponer, pero seguirían allí a menos...

—Sí, continúe.

—A menos que los hubiese destruido o...

—O escondido —finalizó su razonamiento la propia Perenelle—. No tiene ningún sentido destruir algo después de copiarlo. Mi marido estaba convencido de que en alguna parte del texto de ar-Rahib ibn Ad había claves con el paradero de las tablas de zafiro que transcribió.

Miller sacudió la cabeza, cada vez más fastidiado.

—Qué follón —opinó—. O sea que estamos siguiendo una pista para encontrar un libro que a su vez contiene pistas para encontrar otro.

—Así es.

—Y, si lograron descifrarlo, ¿por qué no buscaron esas tablas?

Perenelle no vaciló ni un momento al responder.

—Porque es mejor que continúen ocultas.

Robert McDonald fue a visitar a su compañero Andrew Benson, en el Hospital Maudsley de Londres. El alma se le encogió al ver el lamentable estado en que se hallaba. Del hombre fuerte y decidido que conocía no quedaba absolutamente nada, y sólo encontró a un pobre espectro demacrado y con los ojos hinchados de tanto llorar, que apenas atendía cuando se le hablaba, y si lo hacía era únicamente para responder incoherencias sobre un "camino de la oscuridad". Estaba sumido en una crisis depresiva que los médicos no sabían cuánto duraría.

Muy afectado, abandonó el centenario hospital con la sensación de que Benson nunca volvería a ser el mismo. Tampoco había podido extraer nada en claro sobre lo que había pasado en aquella pensión, aunque aquello no era lo que más le importaba, ni a él ni al Cuerpo. Las pruebas y las declaraciones de los testigos ya contaban todo lo que necesitaban saber: Benson había acudido allí atendiendo a una llamada de la Central y había impedido que Hermes asesinase a Miller; aquel lunático debió decirle que había secuestrado a su mujer y luego se suicidó. Eso era exactamente lo que pondría en su informe, y suponía que el oficial instructor de Asuntos Internos llegaría a las mismas conclusiones en el suyo.

Sin embargo lo que había dicho aquel maldito psiquiatra no dejaba de roerle las entrañas.

Y también estaba el asunto de la desaparición del cadáver de Farmer. Se habían enviado los vídeos del Depósito a los Especialistas en Investigación Forense del SCD para su análisis. Por otro lado, McDonald había solicitado información acerca del anticuario a través de PNC, el sofisticado gestor de bases de datos relacionales que usaba la policía en su intranet, y no había obtenido nada. Ni certificado de nacimiento, ni DNI o número de la Seguridad Social, ni siquiera cuentas bancarias abiertas a su nombre. McDonald sabía que eso era prácticamente imposible, ya que cualquier cosa que hace una persona en este mundo queda de algún modo registrado con un número en algún sitio desde el mismo momento en el que nace;

sin embargo el vacío alrededor del nombre de Nicholas Farmer era en apariencia absoluto. Sencillamente, no existía. Eso quería decir que el nombre era falso, por lo que pidió al Servicio Nacional de Identificación y la Oficina de Registro Criminal que lo verificasen utilizando las huellas dactilares que poseían, pero aún no le habían llegado los resultados.

Era cierto: quedaban demasiados cabos sueltos todavía en el caso como para darlo por cerrado. Otro de ellos era el propio asesino, Edward Baker. Aunque todos sus documentos parecían en regla, no constaba que hubiese trabajado nunca en ningún sitio, ni como dentista ni como nada, y el apartamento donde vivía, el mismo donde fue hallada muerta la esposa de Benson, carecía por completo de personalidad, como si sólo fuese una residencia temporal, cuando según el arrendador llevaba más de dos años allí dentro. El registro del lugar no aportó absolutamente nada más allá del horror encontrado en el baño.

Ahora, mientras intentaba en vano recuperarse de la impresión amarga que le había dejado el estado de su colega, se dijo que tal vez el único que podía proporcionarles algunas respuestas era Lewis Miller.

Que no está muerto lo que puede yacer eternamente, y en los eones por venir aún la muerte puede morir.
(Fragmento del Necronomicón; "La ciudad sin nombre", H.P. Lovecraft)

Capítulo Ocho

Estaban hambrientos, por lo que decidieron comer algo en un bar, y Miller aprovechó para ir un momento al lavabo y, movido por una súbita preocupación, hacer una llamada a su ex esposa; sin embargo, con los primeros tonos de llamada, creyó advertir unos chasquidos extraños en la señal y al instante colgó y apagó el móvil. Quizá se estaba volviendo un poco paranoico, pero había oído que, mediante algo llamado "triangulación", se podía localizar a cualquier persona que tuviera un teléfono móvil conectado. En cualquier caso, sería mejor no involucrar a Rose en todo aquello, pero no pudo dejar de sentir cierto temor por su seguridad.

Decidió revisar de nuevo los planos que se había llevado de la casa de Farmer. Sí, no cabía duda, aquellas formas toscas intentaban reproducir la Iglesia del Temple. ¿Qué interés podía tener el viejo anticuario en aquellos burdos dibujos? Era una proyección en planta mal hecha y desde luego nada profesional del Óvalo y la Rotonda, los dos edificios principales de aquella milenaria construcción situada en Fleet Street. Tal vez los había realizado el propio Farmer. Pero ¿con qué motivo? Miller volvió a guardarlos y regresó junto a la viuda, que le esperaba en una mesa mientras revisaba el menú con interés.

—¿Tiene conectado el móvil? —le preguntó tras sentarse a su vez.

—Nunca he usado esos artilugios. ¿Por qué?

—Vaya, ahora sí que me he acabado de convencer del todo sobre lo rara que es —comentó con sorna—. ¿Y dinero en metálico? ¿Tiene? Creo que por una temporada será mejor que no usemos las tarjetas de crédito. Me da en la nariz que aquel tipo que intentó matarme en la pensión nos encontró por eso.

—Así que está empezando a convencerse...

—Admito que hay detalles muy raros en toda esta historia —dijo, eludiendo comprometerse más—. ¿Tiene dinero?

—Lo que he sacado de la caja de mi marido. Soy su viuda, por lo tanto me pertenece legalmente.

—Bien hecho, así evitaremos que nadie pueda rastrearnos. No quisiera volver a pasar por algo parecido.

Perenelle sonrió.

—Yo tampoco. Creo que ya va siendo hora de que empecemos a tutearnos, ¿no te parece? Tanta formalidad me hace sentir más vieja aún de lo que soy, y, créeme, no me gusta.

—Como quiera... Perdón, como quieras. Sí, supongo que, después de lo que hemos pasado juntos, nos hemos ganado ese derecho. ¿Pedimos la comida?

Solicitaron al camarero los platos escogidos y, en mitad de la degustación, Miller decidió abordar el tema que le rondaba por la cabeza.

—Una pregunta que quizás te parezca un poco tonta: ¿recuerdas si tu marido sentía alguna fijación especial por los templarios?

Perenelle le miró de un modo que se le antojó extraño.

—¿Te refieres a la Iglesia del Temple?

—Exacto.

—Bueno, trabó cierta amistad con Sir Christopher Wren

—fue su sorprendente respuesta—. Admiraba su obra, es cierto. Decía que pocas personas como él habían entendido la grandeza de la Creación, y en verdad era un hombre admirable. Sentí mucho su muerte. ¿Por qué?

—No, por nada...

Pero algo se estaba cociendo ya en su interior. Obviando aquella improbable amistad con el arquitecto encargado de la restauración del templo en el siglo XVIII, a todas luces imaginaria, la admiración de Farmer podía significar algo importante.

—Es sólo que —empezó a decir, dando rienda suelta a sus pensamientos— la construcción más antigua de esa iglesia tiene la particularidad de ser completamente circular, como sin duda ya sabes, por lo que es conocida como "la Rotonda", y en latín "redonda" se dice "rota"...

El rostro de la mujer se iluminó con la sorpresa, olvidándose al instante de seguir comiendo.

—¿La frase entonces se referiría al templo? ¿El libro estaría allí?

—Es posible —siguió razonando el escritor, inspirado—, o en sus aledaños. Recuerda el texto: en los límites de su propiedad, el granjero mantiene con destreza las ruedas.

—Quieres decir que Nicholas podía tener alguna propiedad por allí.

Miller asintió.

—Y en ella se mantiene con destreza.

En el Hospital Maudsley, una enfermera detuvo su carrito lleno de medicinas y entró en la habitación donde estaba internado Andrew Benson. El policía estaba sentado en el borde de la cama y ni siquiera la miró. Estaba sumergido en un mundo sombrío y desolador, aturdido por la pena y la culpa, y bajo los efectos de ansiolíticos y antidepresivos. Una y otra vez se le aparecía la imagen de su esposa muerta en aquella bañera llena de sangre, con la cabeza echada hacia atrás enseñando el horrendo tajo de su garganta. Por más que lo intentaba, no conseguía pensar en otra cosa.

—¿Qué tal? —le preguntó la enfermera, solícita—. ¿Ya nos encontramos mejor?

Benson la ignoró por completo, es más, no pareció oírla. La mujer llevaba en las manos una jeringuilla y una aguja en sus envoltorios asépticos, que extrajo con tranquilidad, así como un pequeño frasco sin etiquetar en un bolsillo de su bata. Cuando hubo introducido el líquido del frasco en la jeringuilla, se acercó al policía y buscó una vena en su brazo.

—Ya verá como esto le ayudará —dijo en un susurro.

El inspector miró sin inmutarse cómo le inyectaba el líquido. Un frío intenso, casi doloroso, le recorrió el brazo como si la sangre se le estuviese convirtiendo en hielo, y a los pocos segundos cayó desplomado sobre la cama. La enfermera le tendió bien en el lecho y le arropó con las sábanas, volvió a su carrito y se marchó pasillo adelante. Benson se agitó un poco cuando comenzó a soñar.

Estaba en un túnel oscuro, con una luz muy lejana al fondo, tan sólo un puntito minúsculo brillando en la distancia, casi inalcanzable. Y vio a Martha ante él, haciéndole señas para que le siguiese, pero cuando se dirigió hacia ella empezó a correr, alejándose. Corriendo hacia la luz. La persiguió para evitarlo, para decirle que no se dirigiese hacia allí, que la luz era mala y que los separaría para siempre. Un rumor empezó a sonar en alguna parte, como voces humanas elevándose al unísono en un coro, cada vez más fuerte.

Entonces Martha llegó hasta la luz y se lanzó hacia ella. Él no la alcanzó por poco, pero se detuvo al ver que estaba en el borde mismo de un precipicio. Desde allí sólo se distinguía un mar infinito de aguas negras y gelatinosas, y Martha caía a su encuentro con los brazos abiertos. El rugido que oía era el de sus olas rompiendo contra el acantilado con furia. El policía gritó, desesperado, mientras su esposa se iba haciendo más y más pequeña a medida que caía. Sin embargo de pronto empezó a elevarse de nuevo y su cuerpo había cambiado: ahora era una ave gigantesca de plumas negras, que sostenía algo que parecía un huevo en el pico y se alejaba volando sobre las aguas inquietas.

Benson vio que en la lejanía se retorcía una forma monstruosa, una serpiente de escamas brillantes que nadaba sobre la superficie oleosa, acercándose a su mujer. Horrorizado, contempló cómo la bestia alzaba la cabeza abriendo su boca inmensa, pero en lugar de tragarse al ave esperó a que ésta dejase caer en su interior el huevo que portaba. Luego, volvió a sumergirse en el líquido viscoso que era su hogar.

En sus sueños, el inspector gimió de puro terror.

Andrew Abberline también llegó a la misma conclusión que el inspector McDonald, suponiendo que la única manera de avanzar en aquel asunto era encontrando a Miller, así que decidió tomarse el día libre en la Universidad y, tras un par de llamadas a unos contactos que le debían favores dentro de la propia policía, averiguó la dirección de la ex esposa del escritor y decidió hacerle una visita. Su orgullo profesional no le permitía dejar las cosas tal y como estaban. Intuía que todo lo relativo a Hermes era una gran mentira, un juego macabro urdido para despistar, y se proponía profundizar todo lo posible en ello. En las últimas horas una nueva teoría se había estado formando en su cerebro: ¿y si todos los asesinatos, o por lo menos la mayoría de ellos, de aquel supuesto psicópata, toda su parafernalia de *serial killer*, no fuesen más que una cortina de humo para desviar la atención de los investigadores? O, algo igualmente inquietante, ¿y si alguien había estado usando a un auténtico asesino en serie para sus propios fines?

La mujer que le abrió la puerta cuando llegó a la dirección que le habían proporcionado era morena y robusta; le sobraban algunos kilos, pero tenía un rostro atractivo y una mirada agresiva que le escrutó de arriba a abajo intentando decidir si valía la pena dedicarle atención. Parecía una mujer de carácter. Un crío lloraba en el interior de la casa.

—No me interesa lo que quiera venderme —dijo por fin, e hizo ademán de volver a cerrar.

—¿Es usted la señora Rose Turner? —preguntó Abberline.

La mujer volvió a taladrarle con sus ojos fieros.

—¿Quién quiere saberlo?

—Me llamo Andrew Abberline y soy perito policial en una causa criminal en la que está involucrado su ex marido, Lewis Miller.

El gesto de la mujer cambió por completo para demostrar una sorpresa incrédula.

—¿Lewis? ¿Qué le ha pasado?

—Eso me gustaría averiguar. Ha desaparecido. ¿Se ha puesto en contacto con usted en los últimos días?

Visiblemente preocupada, Rose Turner le hizo pasar y marchó rauda a atender al niño que seguía bramando. Era un bebé de pocos meses. Lo sacó de la cuna y procedió a intentar calmarlo arrullándolo entre sus brazos. Lo consiguió al cabo de un par de minutos. Abberline se fijó en que el piso donde vivía era pequeño y modesto.

—Pero no le ha pasado nada, ¿verdad? —volvió a preguntarle.

—Que sepamos, nada nos hace pensar lo contrario —se mostró esquivo el psiquiatra—. Le buscamos como posible testigo en el caso, pero no conseguimos localizarle. ¿Ha sabido algo de él últimamente?

—Me llamó esta mañana, pero colgó antes de que pudiera contestar, y luego tenía el móvil apagado. ¿El asunto es grave?

El instinto de Abberline le dijo que aquella mujer seguía todavía enamorada de Miller. Su actitud había cambiado drásticamente al nombrar al escritor.

—No se preocupe, es pura rutina. Nos sería muy útil su testimonio, eso es todo. ¿Cuándo fue la última vez que habló con él?

—Pues hará un par de semanas —recordó—. Sí, creo que fue el martes de hace dos semanas.

—¿Y notó algo extraño en esa conversación? ¿Estaba preocupado o hizo algún comentario fuera de lo normal?

La señora Turner se quedó pensando durante breves momentos.

—No, no me pareció que hubiera nada extraño...

—¿Suele hablarle de sus proyectos? ¿Le dijo sobre qué estaba escribiendo actualmente?

—No, él nunca me ha hablado de esas cosas. Sabe que yo no las entiendo. Yo soy una mujer que tiene los pies en la tierra, en cambio él...

—¿Él cree en todas esas cosas sobre las que escribe?

—Dice que no, pero sus palabras no se corresponden con sus actos. Vive obsesionado con esos temas.

Por su tono, Abberline comprendió que habían tenido muchas discusiones al respecto. Quizás incluso había sido una de las causas del fracaso matrimonial.

—¿Obsesionado hasta qué punto? —quiso saber.

—Hasta el punto de olvidarse de todo cuando cree haber encontrado algo bueno. Pienso que busca algo, pero ni él mismo sabe lo que es.

El psiquiatra asintió, meditando sobre lo que acababa de escuchar. No creía que los rasgos que describía la ex mujer de Miller revelasen nada más allá de una personalidad inquieta y proclive a fantasear, pero como buen profesional nunca emitía prejuicios hasta conocer todos los detalles que rodeaban a la persona en cuestión. Resultaba evidente, sin embargo, que se trataba de un individuo insatisfecho emocionalmente, pero eso era algo que, por desgracia, padecía la inmensa mayoría de la población mundial. El hecho de que proyectase su insatisfacción en investigar algo que, por otro lado, consideraba irreal, demostraba tan sólo que lo único que pretendía era huir de la monotonía. De casos como aquél vivían muchos colegas suyos, sólo que Miller había encontrado su propia terapia, que al parecer le funcionaba, aunque eso le hubiese costado su matrimonio.

—¿Y no se le ocurre dónde pueda estar? ¿Algún sitio que le guste especialmente..., no sé, para pensar, para inspirarse...?

—Bueno, sus padres tienen una casita en Gravesend y a veces solía ir a ella para relajarse— reconoció la mujer —. Cuando nos divorciamos creo que estuvo viviendo una temporada. Quizá esté allí, sí...

A pesar de haber vivido casi toda su vida en Londres, Lewis Miller sólo había visitado una vez con anterioridad la Iglesia del Temple, y lo había hecho únicamente movido por el interés profesional. Un inglés no podía escribir un libro sobre los templarios y no mencionar, aunque sólo fuera de pasada, el escenario donde tuvieron lugar las negociaciones que culminaron en la firma de la Carta Magna en 1215, y donde William Shakespeare situó el inicio de la Guerra de las Dos Rosas en su Enrique VI, así como tampoco se podía obviar Rosslyn si se quería tener cierta credibilidad ante el público.

Ahora volvía a contemplarla, maravillado. Parecía desafiar al tiempo y nadie pensaría por su aspecto que había visto pasar un milenio entero, innumerables guerras y desastres, millones de vidas desfilando ante sus muros. Rodeada siempre de turistas y visita obligada en lo que se había dado en llamar "Ruta del Código Da Vinci", se mantenía ajena a la expectación que despertaba a su alrededor como había hecho durante media eternidad. Ya tenía poco de sagrada, pues estaba administrada por dos asociaciones de abogados, las Inner y Middle Temple, que compartían su uso y mantenimiento aunque oficialmente estaba bajo la jurisdicción de la Corona, pero aún así seguía rodeada de un aura mística que ninguna burocracia podría arrebatarle.

Pagaron la entrada y se dirigieron directamente al Presbiterio, una nave rectangular también conocida como Óvalo, con sus columnas lotiformes de mármol Purbeck negro y sus arcos apuntados y bóvedas de crucería, el sobrio coro y el no menos austero altar mayor iluminado por hermosas vidrieras. Al otro lado se veía el acceso a la Iglesia Redonda, la réplica del Santo Sepulcro de Jerusalén que los caballeros templarios quisieron que fuera su hogar en suelo inglés. No sabían exactamente lo que buscaban, pero el instinto les decía que debía estar allí. Ésa debía ser la rueda a la que se refería el palíndromo de Farmer, un diseño habitual en la arquitectura del Temple, que había construido fortalezas y templos con esa estructura en diversas partes del mundo durante los dos siglos que duró su existencia. Y, pensó Miller, ¿no era cierto que Raziel era una de las Ruedas del Trono de Dios que vio Ezequiel? La Orden del Temple había tenido muchos contactos con las religiones hebrea y musulmana, la convivencia en Oriente debió dejar profundas influencias en ellos, tal vez incluso les proveyó de conocimientos que sólo pudieron plasmar en la piedra para que sobreviviese a su extinción. Y allí estaban ellos ahora, intentando desentrañar sus misterios a través de las formas que, aunque maltratadas por los siglos y deformadas por las manos de los hombres y sus restauraciones, aún pudiesen perdurar.

El interior de la Rotonda impresionaba como sólo puede

hacerlo un sepulcro, pues eso era lo que parecía. Flanqueadas por columnas negras y gárgolas que sobresalían de las paredes de mármol, una decena de losas representando caballeros yacentes en diferentes posturas, algunos en actitud incluso combativa, como pretendiendo proteger algo desde más allá de la muerte, sembraba el suelo formando un corredor que apuntaba hacia el pórtico oeste. Miller no pudo dejar de observar el vitral que decoraba el tímpano, por encima de la espectacular puerta normanda: un perfecto medallón con forma de rueda lleno de brillantes colores, que encontraba su reflejo en otro muy similar enclavado en el centro mismo de la iglesia. Aquello parecía ser lo que custodiaban los pétreos caballeros.

—¿Cómo haremos para averiguar si está aquí dentro? —preguntó Perenelle, atemorizada ante su posible respuesta.

—Aquí no puede estar —dijo el escritor.

—¿Por qué? —se sorprendió ella.

—Porque este lugar lo visitan centenares de personas cada día. Se sabe exactamente lo que contienen esos sepulcros, así que es imposible que el libro esté escondido en alguno de ellos.

Pensativo, Miller fue recorriendo el lugar, deteniéndose en la rodela que, como un ojo fantástico, sobresalía del piso marmóreo mirando hacia la cúpula de la nave.

—Quizás haya alguna cámara subterránea —sugirió la esposa de Farmer, a su lado.

Miller se volvió hacia ella de repente.

—¿Por qué ese juego de palabras?

—¿Cómo?

—Su marido pudo inventarse uno, o usar cualquier otro. "Sator arepo tenet opera rotas". Ese texto es también como una rueda, no tiene principio ni fin, lo mires como lo mires no altera su forma, es infinito, no posee una dirección en su lectura. Pero él sí quería que me llevase a algún sitio. "Sator" es él mismo, y sujeta con destreza las ruedas en su propiedad. Quiso que yo viera esta iglesia, pero sólo podía hacerlo encontrando los planos que dejó, y eso a su vez requería que entrase en su casa y viese lo que hay en ella. Debe haber algo entonces allí que recuerde a este lugar.

Perenelle le contempló perpleja.

—Sí —De pronto la mujer abrió mucho los ojos, comprendiendo—. Un cuadro. Pero está en mi casa.

Mientras regresaba a New Scotland Yard, el inspector McDonald recibió una llamada comunicándole que en los registros de la Greater London Authority había dos bienes inmuebles a nombre de Nicholas Farmer, adquiridos ambos en 1940: uno era el domicilio donde días antes se había encontrado su cadáver, y el otro estaba en Victoria Street. McDonald detuvo de inmediato su vehículo al conocer la noticia, sorprendido. ¿1940? ¿Qué edad tenía entonces aquel hombre? Él había visto las fotos del muerto y no aparentaba mucho más de sesenta años. Por supuesto, se dijo, esas propiedades debieron comprarlas los padres y ponerlas a su nombre por algún motivo incomprensible. Resultaba, de todos modos, muy extraño y eso requería de una documentación, incluso en aquella época, una documentación que luego parecía haberse extraviado. En el Departamento para Trabajo y Pensiones debían tener algunos datos, aunque sólo fuera para la recaudación del National Insurance. Aprovechó para recomendar esa vía de investigación a sus compañeros y decidió dirigirse a aquella nueva dirección que le habían facilitado.

—Es increíble —comentó Perenelle sin salir de su asombro—. Entonces siempre lo he tenido a mi lado...

—Eso parece...

Estaban ya ante la puerta de la vivienda de la mujer. Ninguno de los dos podía disimular su nerviosismo. Ella sacó la llave y, cuando fue a introducirla, se detuvo.

—Está abierta —dijo, sorprendida.

Al instante Miller la apartó e indicó con un gesto que no hiciese ruido. Comprobó que la cerradura había sido forzada. Por un momento estuvo tentado de echar a correr, pero finalmente empujó la puerta con suavidad y se asomó. El lugar parecía tranquilo. No se oía nada. Entraron con mucha cautela. Todo parecía en orden. Salvo la cerradura estropeada, no había la más mínima señal de que alguien hubiese entrado en aquella casa.

Registraron cada una de las habitaciones, atentos a cualquier cosa sospechosa, y en el dormitorio encontraron lo que buscaban. O, al menos, su escondite. Había un agujero en la pared, sobre la cabecera de la cama. Ésta se hallaba cubierta por completo de cascotes. A un lado habían dejado un cuadro con una reproducción del vitral de la Iglesia del Temple, que sin duda antes había estado adornando aquella pared. Miller miró dentro del agujero abierto en el tabique, pero, evidentemente, ya no había nada.

—Se lo han llevado —dijo, volviéndose hacia la mujer.

Lo que vio entonces le dejó helado. Un hombre totalmente vestido de negro había aparecido de repente detrás de Perenelle y la sujetaba apoyando en su garganta un cuchillo enorme. La expresión de la mujer era de auténtico horror, mirándole llena de pánico. ¿De dónde había salido aquel individuo? ¿Cómo podía haberles sorprendido de aquella manera? Recordó en aquel momento angustioso que la puerta de entrada tenía la cerradura dañada y muy bien podía haberles estado esperando fuera, vigilándoles mientras ellos entraban.

Comprendió de golpe que todo lo que Perenelle le había contado acerca de la Hermandad Negra era cierto. Comprendió, también, que había cometido un error embarcándose tan precipitadamente en aquella aventura, y que eso le iba a costar la vida.

—¿Donde está? —preguntó aquel hombre, réplica casi exacta de aquel otro que había intentado matarle tan sólo unas horas antes—. ¡Dadme el Libro!

El cerebro de Miller iba más rápido que nunca. ¿El Libro no lo tenía él? Entonces, ¿quién lo había sacado?

—¡Nosotros no lo tenemos! —chilló Perenelle.

—¡Es verdad! —dijo también el escritor—. ¡Suéltela!

Supo al instante que debería haber dicho justo lo contrario, que su única esperanza era mentir intentando ganar tiempo, pero ya era demasiado tarde. La sonrisa diabólica de aquel individuo se lo confirmó cuando era imposible rectificar.

—¡Me lo diréis vivos o muertos! —aseguró, y, con un único y seco tajo, degolló a Perenelle.

Horrorizado, Miller vio cómo el afilado cuchillo abría un surco espantoso en el cuello de la mujer, seccionando tráquea y carótida sin problemas. Saltó la sangre al instante, con tanta fuerza que la primera salpicadura le alcanzó.

—¡Nooo! —gritó, dando un paso hacia ellos instintivamente.

El asesino soltó a la mujer, que cayó de rodillas intentando taparse con las manos la horrenda herida por la que se le escapaba la vida. No podía gritar. Cada vez que lo intentaba el aire brotaba entre burbujas de sangre del boquete abierto en su garganta. Sólo conseguía emitir un gorgoteo espantoso, que se clavaba directamente en el cerebro con más fuerza de lo que lo haría un grito.

Ahora el asesino iba a por el escritor, apuntándole con el cuchillo ensangrentado. Miller cogió un trozo de tabique que había sobre la cama y se lo lanzó. El asesino estaba tan cerca que no pudo esquivarlo y recibió el doloroso impacto en el pecho. Miller aprovechó para saltar por encima de la cama y salió huyendo como alma que lleva el diablo.

Shaitán es el Khadhulu
(Corán, 25:29)

Capítulo Nueve

McDonald dejó su vehículo en el Edificio Empress State, sede de New Scotland Yard, y pudo ir andando hasta el número treinta y tres de la Calle Victoria. Estaba a punto de entrar en el portal cuando, de repente, vio que Miller salía como una bala de aquel mismo lugar, arrollándole casi en su precipitada carrera. No pareció verle en absoluto, a pesar de que casi chocó contra él. Sólo corría presa del pánico, trastabillando, a punto de caer.

—¡Oiga! —le gritó, intentando detenerle—. ¡Espere!

Pero Miller no le hizo el menor caso. Siguió corriendo avenida abajo sin ni siquiera mirar atrás, y el inspector tuvo que lanzarse en su persecución si no quería perderle otra vez ahora que le había encontrado. Sin embargo, poco a poco la distancia entre ambos hombres fue aumentando de forma gradual. Miller, más joven y mucho más delgado que el policía y, sobre todo y lo más importante, estando como estaba espoleado por el miedo, en realidad totalmente aterrorizado, se alejaba cada vez más de su alcance. La única esperanza de McDonald era que, dada la enorme cantidad de policías que solía patrullar por aquella zona, centro neurálgico de todo el aparato gubernamental del Reino Unido, el escritor se tropezase con alguno en su loca carrera y tuviera que detenerse a la fuerza.

Sin embargo no fue así. Por increíble que pareciera, ninguno de los miembros de la Policía Metropolitana ni del

Servicio Secreto destinados a velar por la seguridad de Su Graciosa Majestad, el Primer Ministro (cuya residencia se hallaba a sólo un minuto de allí) y su Gabinete, el Edificio del Tesoro, el Foreign Office, el Home Office, el Ayuntamiento y el propio Scotland Yard, hizo acto de presencia. Miller se vio obligado a parar, pero fue porque un coche negro, un BMW Serie 3 de color azul cobalto que apareció de repente, se detuvo a su altura con un frenazo y abrió la puerta trasera, invitándole a subir. McDonald observó que el escritor se quedaba dudando por un momento, sin saber qué hacer. El policía hizo amago de sacar su arma, con la intención de persuadirle para que se entregase. Miller se volvió entonces para mirarle y ver la pistola pareció decidirle definitivamente.

McDonald abandonó la persecución y tuvo que inclinarse para que su respiración jadeante volviera a la normalidad, mientras el vehículo se alejaba a toda velocidad por Buckingham Gate, perdiéndose en el cruce con Birdcage Walk. Luego, antes de que se le olvidase, sacó una libreta para anotar la matrícula y cogió su móvil.

Agotado y asustado como nunca en su vida, Miller se preguntó si no habría saltado de la sartén para caer definitivamente y sin remisión en el fuego. Desde la parte trasera del vehículo sólo veía el cogote del conductor por encima del respaldo del asiento, mientras avanzaban a buena velocidad por las calles de Londres, adelantando a los otros coches y girando en las esquinas. Aquel hombre tenía el cabello blanco por completo, y ocasionalmente un ojo le escrutaba con intensidad desde el reflejo del retrovisor interior.

—¿Quién es usted? —quiso saber el parapsicólogo—. ¿Por qué me ayuda?

El hombre del pelo blanco no le respondió; en su lugar le

hizo a su vez otra pregunta que sonó cálida y tranquilizadora.

—¿Se encuentra bien?

La voz le resultó bastante conocida, pero Miller no consiguió identificarla en ese momento. La relacionó sin saber porqué con teléfonos. Quizás había hablado anteriormente con aquel sujeto de ese modo.

—¿Quién es usted? —repitió una vez más.

—Un amigo —fue todo lo que pudo obtener de su anónimo aliado—. Tenemos que abandonar este coche cuanto antes. Lo han visto y ya no es seguro permanecer en él por más tiempo. ¿Y Perenelle? ¿Qué le ha pasado?

Al escuchar el nombre de la mujer asesinada, Miller se envaró aún más de lo que estaba y deseó alejarse de aquel individuo misterioso. Probó a tirar de la maneta de la puerta, pensando en salir del coche aunque estuviese en marcha y arriesgándose a romperse el cráneo en el intento, pero el vehículo tenía activado el maldito seguro anti-niños que bloqueaba las cerraduras. Estaba atrapado allí dentro en contra de su voluntad.

—Muerta —contestó al fin, tenso, barajando la posibilidad de romper los cristales tintados del vehículo.

—Lo dudo —dijo aquella voz familiar como réplica, y el escritor creyó advertir lo que le pareció una risa.

El misterioso conductor estacionó el BMW poco después en un parking de la calle Brewer, muy cerca de Picadilly Circus. Mientras éste maniobraba, Miller estuvo tentado de aprovechar que estaban parados para golpearle sin contemplaciones o agarrarle por el cuello hasta que le dejase salir aunque fuese a la fuerza, sin embargo al final no lo hizo. No tenía ni la menor aptitud para la violencia, nunca la había tenido, de hecho jamás se había peleado físicamente con nadie, y mientras pensaba en ello, en lo útil que le habría resultado algo de experiencia al respecto en ese momento, el hombre se volvió hacia él.

Al ver su rostro, Lewis Miller sintió de pronto que le

abandonaba la poca cordura que pudiera quedarle. No era posible...

—¡Dios mío! —exclamó, asustado, contemplando las facciones de aquel espectro—. ¡Pero usted está muerto! ¡Yo le vi muerto!

Era Nicholas Farmer.

El inspector McDonald observó con atención cómo los empleados del Depósito metían el cadáver de la mujer degollada en una bolsa oscura con cremallera, mientras al mismo tiempo el Director Forense del Distrito, asistido por los agentes de su unidad, extendía el acta de defunción preceptiva, sin nombre aún ya que no habían encontrado ningún documento identificativo en el cuerpo sin vida. El dormitorio estaba lleno de sangre por todas partes. La víctima había dejado prácticamente todo el contenido de sus venas en aquel suelo de porcelanato. Varios agentes del Specialist Crime Directorate, el SERIS y el Fingerprint Bureau, inspeccionaban al detalle el lugar del crimen, tomando fotografías y buscando huellas.

—Creía que el asunto de Hermes se había acabado —comentó a su lado el Crime Scene Manager, contemplando también las evoluciones de los expertos criminólogos en el escenario.

—Y yo también... —confesó el policía.

—Pero este caso está relacionado con él, ¿verdad?

—Eso parece, pero aún no sé de qué manera —reconoció el inspector, confundido.

McDonald se acercó al hueco abierto en la pared y procedió a mirarlo con curiosidad, procurando no tocar nada. Evidentemente allí dentro hubo algo escondido que ahora ya no estaba, quizás algo por lo que habían muerto varias personas. El instinto le dijo que era así y no necesitaba nada más para estar seguro de ello.

—¿Con qué hicieron el agujero? —le preguntó súbitamente a un agente del SCD—. ¿A usted qué le parece?

—Bueno, el tabique que lo cubría era muy delgado —respondió éste al cabo de un momento, observando los cascotes que había encima de la cama—. Con un martillo normal y corriente habría bastado.

—Y, por el tamaño de ese escondrijo, ¿qué diría que podía haber dentro? ¿Alguna idea?

El técnico se encogió de hombros.

—Dinero, droga... ¿Quién sabe? Aspiraremos todo lo que quede en el interior a ver qué encontramos. Si ha dejado restos lo podremos identificar.

El inspector medía mentalmente el agujero, intentando compararlo con algo que le rondaba la cabeza.

—Ahí cabría un libro, ¿verdad?

No supo por qué hacía esa pregunta, y de hecho él fue el primer sorprendido al expresarla. Se le ocurrió de repente, sin ningún motivo.

—Sí, supongo que sí... —dijo el policía científico sin hacerle mucho caso.

Otro agente se le acercó en aquel momento con algo en la mano. Debía ser algo importante.

—Señor, hemos encontrado manchas de sangre en el pasillo, mezclada con esto —le informó, enseñándole una bolsa de plástico en la que se podía ver una pequeña cápsula de goma transparente y ensangrentada—. Aún no sabemos a ciencia cierta lo que es, pero hemos comprobado que emite una señal de radio. Creemos que podría ser un localizador.

McDonald se quedó mirando aquel diminuto artefacto.

—¿La sangre es de la víctima? —preguntó.

—La hemos cotejado y no corresponde al mismo grupo sanguíneo. Señor, estos aparatos están muy controlados. No hay muchos fabricantes, así que podremos seguirle el rastro sin ninguna dificultad.

—Tranquilícese —le sugirió el fantasma del anticuario—. A veces las cosas no son exactamente lo que parecen. Yo creo que estoy muy vivo.

Mientras se iba haciendo a la idea de lo que estaba viendo, a la memoria de Lewis Miller regresaron todas las leyendas que había oído acerca de Nicolas Flamel y su hallazgo de la inmortalidad. La historia mantenía un velo oscuro y misterioso sobre la vida de aquel personaje clave en los estudios alquímicos, sumergiéndole en el mito. Ahora Miller no tuvo más remedio que aceptar que todo aquello podía ser cierto.

—Pero yo le vi... —susurró el escritor, resistiéndose aún a las evidencias—. Estaba muerto...

—Digamos que no del todo —sonrió el anciano, aunque sin la menor intención de bromear sobre el asunto, y añadió—: Pero eso podría cambiar si no nos vamos pronto de aquí. Créame, corremos un gran peligro. Supongo que a estas alturas ya se ha dado cuenta de ello.

Haciendo un enorme esfuerzo para terminar de asimilar todo lo que estaba sucediendo, Miller asintió, aunque la cabeza no dejaba de darle vueltas como si el mundo se hubiese convertido en un carrusel gigante. Farmer cogió algo que guardaba en el asiento del acompañante, salió del coche y le abrió la puerta para que pudiese salir. Miller observó que llevaba en las manos una cartera de piel muy abultada, e imaginó lo que tendría en su interior.

—¿Es... eso...? —preguntó, más sereno—. ¿El *Necronomicón*?

—¿Cómo? —se sorprendió el anticuario—. Ah... Sí, supongo que se le podría llamar así si quisiéramos. Es posible que Lovecraft oyera hablar a su padre de este libro y decidiera usarlo en sus relatos, rellenando el resto con su imaginación.

Miller ya había oído en muchas ocasiones las teorías de que Winfield Lovecraft, el padre de Howard Phillips, era francmasón, y que tal vez el escritor de Rhode Island (estado masón por excelencia) había extraído las bases de sus Mitos de las enseñanzas fragmentarias de su progenitor, reveladas posiblemente en alguna de sus frecuentes borracheras. Él, en cambio, nunca concedió el más mínimo crédito a esas suposiciones y era más partidario de pensar que las fuentes de las que había bebido Lovecraft eran todas exclusivamente literarias: Machen, Dunsany, Poe, Blackwood... Incluso Ford, Crowley y Blavatsky. Que, muy posiblemente, el hallazgo de Ugarit en 1928, y las investigaciones de Bertram Thomas sobre Irem en 1932, habían influido muchísimo en sus escritos era algo de lo que tampoco le cabía la menor duda. Eso era lo que creía... hasta ahora. Comenzaba a ver las cosas de otra manera.

—¿Puedo verlo? —pidió.

—Todavía no —se negó el anciano, muy serio.

Éste echó a caminar y Miller le siguió después de titubear levemente. No podía apartar la mirada de la cartera que sostenía contra su pecho como un preciado tesoro. Pensaba en los secretos que contendría, en todo el saber prohibido que encerraría en su interior. Los misterios de los ángeles, la sabiduría de unas criaturas más antiguas que la propia Creación. Aunque sólo una pequeña parte de lo que se contaba sobre aquel libro maldito fuera cierto, ya valdría la pena echarle un vistazo. ¿Sería posible? ¿Podía ser que existiera de verdad? La prueba, en apariencia, la tenía delante de él, en el hombre resucitado que le precedía. Claro que también quedaba la posibilidad de que todo se tratase de un engaño muy bien elaborado, quién sabía con qué oscuro y retorcido propósito.

Le alegró comprobar que, a pesar de todo, su cordura y capacidad de análisis permanecían intactas.

Ambos hombres cruzaron la Avenida Shaftesbury y, en

una callejuela adyacente cerca de Trocadero, Farmer se detuvo ante un Peugeot 205 gris allí estacionado, de aspecto cochambroso y sucio de polvo, y guardó la cartera que, según él, contenía el *Necronomicón* en el maletero. Luego ambos montaron en el pequeño vehículo. El anciano evidentemente era un hombre de recursos.

—¿A dónde vamos? —le preguntó el escritor.

—No lo sé —aseguró Farmer mientras encendía el motor—. A algún sitio donde podamos ocultarnos por una temporada. ¿Se te ocurre alguno a ti?

Miller se quedó pensando durante un momento.

—Pues la verdad es que sí —respondió, sonriendo por primera vez en mucho tiempo.

MagnaLex era una empresa de servicios jurídicos y financieros cuyas oficinas estaban situadas en Holborn, en plena City. El inspector McDonald se dirigió al mostrador de recepción y mostró su placa a una secretaria sonriente nada más llegar. Pidió hablar de inmediato con alguno de los responsables del negocio. La secretaria, con toda diligencia y sin perder en ningún momento la sonrisa, le invitó a esperar en una sala contigua y le dejó solo durante un buen rato. McDonald permaneció de pie y se entretuvo observando los gruesos libros de leyes que permanecían alineados en una biblioteca, preguntándose por qué demonios se estaba obsesionando tanto últimamente con los libros, él, que odiaba leer. Al poco rato, cuando ya comenzaba a impacientarse, se presentó en la estancia un hombre joven y vestido con pulcritud.

—Soy Joseph Browen, socio del bufete —se presentó éste—. ¿En qué podemos servirle, inspector?

El abogado le estrechó la mano con decisión, esgrimiendo la misma sonrisa profesional que momentos antes usaba la secretaria. De hecho, McDonald, al verla, pensó si aquella sonrisa no sería de quita y pon y se la pasaban entre ellos como si formara parte del material de la oficina. No le gustaban nada los abogados. Su trabajo, ya de por sí bastante complicado, se veía boicoteado de continuo por aquellos malditos carroñeros encorbatados, que, escudándose en los entresijos de la ley, mantenían las calles llenas de criminales.

—Pues verá, señor Browen, es que nos ha aparecido el nombre de su empresa relacionado directamente con un asunto un tanto extraño y venía para ver si nos lo podían aclarar. Una pura formalidad.

—Si el asunto tiene que ver con el fisco, le aseguro que nuestros números están al día— bromeó el abogado.

McDonald no se inmutó lo más mínimo con el jocoso comentario. No estaba de humor para escuchar tonterías, ni para responder a éstas.

—No, no tiene nada que ver con impuestos. En realidad se refiere a la adquisición por parte de su bufete de una docena de localizadores personales GPS que la empresa Mondex les vendió hace menos de un mes. Son unos aparatos experimentales, que ni siquiera están aún disponibles en el mercado, y sin embargo ustedes han tenido acceso a ellos.

—¿Y eso es un delito, inspector? —dudó Browen—. ¿Desde cuándo?

—Quizás desde que uno de ellos ha aparecido en el escenario de un crimen.

—Oh —pareció sorprendido el abogado—. Bueno, tenemos algunos clientes importantes muy preocupados con el tema de la seguridad personal, después de todos esos casos de secuestros exprés que se han producido últimamente. Sabíamos de la existencia de esa tecnología y accedimos a hacer de intermediarios para su obtención, eso es todo.

—Estupendo —opinó el policía, satisfecho, al tiempo que sacaba su libreta—. ¿Me podría proporcionar los nombres de esos clientes, por favor?

Browen había dejado de sonreír del todo, convirtiéndose en una máscara totalmente inexpresiva.

—Me temo que eso va a ser imposible, inspector —le contestó con toda amabilidad—. Como comprenderá, estamos obligados a preservar la confidencialidad de los datos de nuestros clientes. Secreto profesional. Nada me complacería más que ayudarle, pero...

McDonald asintió y se guardó de nuevo la libreta.

—No se preocupe, lo entiendo —aseguró, ofreciéndole la mano para despedirse—. Volveré con una orden judicial, no lo dude...

Y todos los Vigilantes temblarán y serán castigados en lugares secretos y todas las extremidades de la tierra se resquebrajarán y el temor y un gran temblor se apoderarán de ellos.
(Libro de Enoc, 1:5)

Capítulo Diez

Mientras guiaba a Farmer durante el trayecto por la carretera, Miller aprovechó para ir haciendo las preguntas que no dejaban de inquietarle desde hacía tiempo. Sentado junto al anticuario, daba rienda suelta a su curiosidad al tiempo que iba desgranando las instrucciones para que éste no se perdiese.

—Dígame, ¿es cierto todo lo que he oído sobre ese libro?

—Si te refieres a todo lo que te haya podido contar Perenelle, sí, es cierto.

—Entonces, ¿los detalles que Lovecraft introduce en sus obras son falsos?

—En su mayoría son fruto de la imaginación. Los pasajes son totalmente inventados, y los nombres que incluye también.

—¿Y qué contiene pues?

—Eso no puedo revelártelo. Aún no.

—¿Invocaciones? ¿Hechizos? —insistió a pesar de todo.

El anciano suspiró.

—Todo eso y más. Imagínate si puedes cómo debía ser el universo antes de que fuera creado. La nada, el caos... Y, sin embargo, aunque aún no existía, allí estaba todo el potencial de lo que luego sería, de lo que ahora es y de lo que siempre será.

Todo el tiempo y toda la materia contenidos dentro de algo que, literalmente, todavía no podía existir. Imagínate si puedes qué fuerzas inmensas fueron necesarias para liberarlo, la cantidad inconmensurable de energía que tuvo que intervenir en ese proceso...

—¿De eso habla? ¿De Dios?

—¿Dios? —dudó por un momento el anciano, como si esa idea nunca se le hubiese ocurrido—. Sí, quizá detrás de todo ello estaba ese concepto abstracto que llamamos Dios, o quizá sólo era una de esas fuerzas desatadas, o tal vez llegó después... No lo sé... Sólo sé que actuaron y que se expandieron con el resto del Cosmos recién nacido, creciendo y creciendo sin parar. Luego ocurrió algo, no sé el qué. Es posible que tuvieran limitaciones a pesar de todo y, al ir abarcando cada vez más, terminaron debilitándose, o había antagonismo entre ellas y lucharon, o, como me gustaría creer, intervino Dios para poner un poco de orden en todo aquello. Lo cierto es que volvieron a quedar atrapadas por leyes que no podían quebrantar. Y aquí es donde interviene ese libro, el *Libro de Raziel*, el ángel de los misterios, de la oscuridad, de la muerte...

—¿De la muerte? —se sorprendió Miller al oírle.

—Sí, él escribió las leyes por las que debían regirse, y al hacerlo se fijaron los límites hasta donde les estaba permitido llegar, las barreras que no podían cruzarse de ningún modo, los caminos que debían seguirse a toda costa. ¿No querías saber qué contiene ese libro? Pues contiene todo eso.

Miller no pudo evitar reírse, dominado por la incredulidad.

—A ver si lo he entendido bien: me está hablando de unos seres cósmicos de un poder inimaginable, que crearon el universo casi como por accidente, y que luego decidieron autoimponerse unas leyes que no debían contravenir bajo ningún pretexto. Que uno de ellos, armado de papel y pluma, escribió un libro, y por el sólo hecho de hacerlo esas leyes se volvieron sagradas, inviolables. Lo escrito, escrito queda, ¿no es así?

—Pues sí. Muy a grosso modo la cosa sería como lo has descrito más o menos.

Miller volvió a reír.

—Perdone, pero todo eso me suena ridículo. Además, me recuerda espantosamente al Lovecraft más tópico.

—En realidad te recuerda a todas las religiones del mundo —le contradijo Farmer—. Con más o menos diferencias, todas cuentan la misma historia, y lo sabes tan bien como yo. Los nombres varían, los detalles también, pero básicamente todas relatan lo mismo: un Génesis partiendo del más puro caos y luego el establecimiento de unas normas que son las que dan forma al mundo tal como lo conocemos. ¿Preferirías tal vez que te hablase del Big Bang, de los campos escalares, la materia oscura...? ¿Cambiaría eso las cosas de un modo sustancial? Porque básicamente también es lo mismo, sólo que descrito con otro lenguaje. El lenguaje es asimismo importante. Resume la realidad.

—¿Pero un libro...? —se resistió el escritor.

—Un libro no es sólo la materia que lo compone. Son las ideas que contiene, el pensamiento que transmite. Y el pensamiento de estos seres era muy poderoso. No sé cómo llegó a formarse, pero lo cierto es que está ahí, es real, se puede tocar. Tú mismo lo podrás ver cuando lleguemos.

Los dos hombres permanecieron en silencio durante un buen rato. Iban por la autopista A-2 y acababan de entrar en el condado de Kent. Podía verse el Támesis desde la izquierda, cada vez más ancho y azul en su camino hacia el mar, y, mirándolo, uno podía llegar a creer en lo maravilloso, en lo fantástico, en criaturas de ensueño y de pesadilla poblando aquel horizonte neblinoso. Más allá sólo hay monstruos, decían las antiguas cartas de navegación. Quizá más allá de lo que ahora se conocía también había monstruos acechando.

Miller pensó también en barcos pirata llenos de monjes adoradores de serpientes.

—¿Y la Frati Nigra? —se atrevió a preguntar ahora—. ¿Qué pasa con ellos?

Nicholas Farmer aferró con fuerza el volante, tenso por el tema que estaban tocando.

—No sé muy bien de dónde surgieron, ni cuánto tiempo hace que existen. Quizá ni ellos mismos lo saben con certeza. Pero sí conozco sus propósitos, y que hace siglos que me están buscando. El libro para ellos es la pieza clave que servirá para iniciar lo que tanto tiempo llevan planificando.

—Perenelle me habló de liberar a Shemhazai...

—Shemhazai, Apofis, Shaitán, Nidhogg... El nombre que se utilice es lo de menos. Compararlo con las serpientes responde sin duda a miedos atávicos también. Si en lugar de todos esos nombres prefieres llamarlo Cthulhu y ver en él un pulpo monstruoso, o un Kraken, ya que tanto mencionas a Lovecraft, adelante. Imagínalo como quieras. Yo no creo que tenga una forma concreta, ni siquiera que sea material tal como nosotros lo entendemos. ¿Qué podría suponer el liberarlo? Francamente, no lo sé tampoco. La Frati piensa que su llegada propiciará la destrucción de todas las formas de gobierno, religiosas y laicas, que habrá una revolución a escala mundial de la que surgirá una utopía totalmente anarquista.

El escritor arrugó el ceño.

—Vaya, una versión un tanto sui generis del Apocalipsis... —opinó.

—Ellos creen en una vieja profecía gnóstica: la de que algún día Satanás será perdonado y volverá a convertirse en el favorito del Señor. Según ellos él es el auténtico creador de nuestro mundo y fue castigado por eso, pero llegará el tiempo en que sea libre de nuevo y entonces volverá a reinar definitivamente sobre toda su creación.

—Y, por supuesto, sus seguidores serán colmados de

honores, ¿no es así?

Farmer encogió los hombros, dando a entender que desconocía la respuesta.

—Supongo. La ambición es un poderoso combustible para las acciones humanas.

Miller decidió entonces hacer la pregunta que más le atormentaba.

—¿Y yo qué pinto en toda esta historia?

—Lo sabrás a su debido tiempo...

Después de comprobar personalmente que la casa que los padres de Miller poseían en una urbanización cercana a la localidad de Gravesend estaba desierta, el doctor Abberline decidió por fin marcharse, y apenas acababa de montar en su coche cuando distinguió por los retrovisores que otro vehículo se aproximaba. Era un Peugeot 205 de color gris que iba muy despacio avanzando por la calle desierta. De forma instintiva, el psiquiatra se agachó todo lo que pudo en el asiento para no ser visto y continuó vigilando el exterior mediante los espejos, manipulándolos con los mandos interiores. El pequeño coche se detuvo justo enfrente de la puerta de la valla en la que sólo un momento antes estuvo él, y entonces bajaron dos hombres. Uno de ellos era Miller, al que reconoció por las fotografías, el escritor al que estaba buscando media policía de Londres, y el otro un anciano, tal vez su padre, pensó el médico forense.

Mientras el parapsicólogo abría silenciosamente la verja, Abberline decidió abandonar su escondrijo y volvió a salir de su automóvil. Al verle acercándose, Miller se puso muy nervioso y por un momento el psiquiatra estuvo seguro de que iba a huir, pero el anciano que le acompañaba le agarró con fuerza de un brazo y le dijo algo que sirvió para disuadirle; luego, ese mismo hombre se volvió hacia él y sonrió con la misma franqueza de quien se encuentra a un viejo amigo por la calle.

—Usted debe ser Andrew Abberline —le reconoció, para su sorpresa—. Le estábamos esperando, doctor.

Abberline no pudo regresar a su casa hasta muy tarde, ya bien avanzada la noche. Intentó entrar sigilosamente, pero no era necesario. A pesar de que la había avisado por teléfono para no tenerla preocupada por su tardanza, su esposa le esperaba levantada, muy nerviosa, y la expresión que éste tenía cuando llegó no contribuyó a tranquilizarla lo más mínimo, sino todo lo contrario. Andrew estaba muy pálido y parecía desorientado. No era para menos, se dijo a sí mismo: lo que había visto -o creído ver, mejor dicho- y oído aquella tarde amenazaba con destrozar por completo todos los pilares en los que se sustentaba su vida hasta ese momento.

Mary, su mujer, le preparó un café y sugirió que fueran a urgencias, ya que le veía muy mal y creía sin lugar a dudas que podía estar enfermo. Abberline le dijo que se calmase, que sólo había tenido una pequeña bajada de tensión porque no había comido apenas nada en todo el día, pero que ya se encontraba mucho mejor y tomaría algo sólido antes de acostarse. No podía contarle nada de lo que había vivido, en parte porque no le creería si lo hacía. Si ni siquiera él mismo se lo creía del todo, ¿cómo podía esperar siquiera que ella pensase de modo diferente? ¿Cómo podía explicarle, por ejemplo, lo que le había pasado cuando estrechó la mano de aquel anciano, allí, en plena calle, con sólo el cielo despejado sobre su cabeza?

Había tenido una visión. Sólo podía llamarlo de esa manera, aunque ni siquiera sabía en realidad lo que había experimentado. Una alucinación, una falsa percepción sensorial, tan súbita como inexplicable, ya que nunca en toda su vida había tenido antecedentes de nada parecido, ni siquiera autoinducidos por ninguna clase de droga. Fue agarrar aquella mano fuerte y sarmentosa y de pronto todo cambió en torno. Ya no estaba en el mismo lugar ni en las mismas circunstancias, ni tan siquiera en la misma época. Todo a su alrededor se convirtió en una completa locura.

En esa nueva realidad a la que había sido enviado estaba tendido sobre un suelo hecho por completo de tablas de madera, en lo que parecía la cubierta de un barco antiguo. Pudo ver por encima de él el complicado entramado que formaban las velas, los mástiles, las jarcias, y muchos hombres alrededor vestidos con ropas extrañas y luchando entre sí con espadas y mosquetes. Él mismo llevaba casaca y un chaleco ahora cubierto de sangre en el pecho. Se dio la vuelta para mirar al hombre que le había herido de muerte y sólo distinguió a una sombra negra que blandía un sable alejándose de su lado. Intentó aferrar los faldones de lo que parecía una especie de hábito con desesperación, pero no lo consiguió. Entonces alguien le obligó a girarse y descubrió a un anciano que le cogió con fuerza las manos, como intentando confortarle en aquel difícil momento. Era el mismo hombre que un momento antes acompañaba a Miller. Sentía mucho frío y supo con certeza que se estaba muriendo.

—No te preocupes, hijo —le dijo aquel hombre misterioso—. Todo está bien. No te preocupes.

Y en ese momento todo volvió a la normalidad. Volvía a estar donde se suponía que tenía que estar, o sea apretando la mano de aquel sujeto con tanta fuerza que debía estar haciéndole daño, inmóviles los dos como estatuas. Abberline rompió el contacto bruscamente, asustado, como si acabara de recibir una descarga eléctrica.

—Usted... —acertó a decir tan sólo—. ¿Qué ha pasado?

¿Cómo revelarle a su esposa lo que le habían contado luego el anciano y Miller dentro de aquella casa? Historias truculentas sobre una secta satánica que buscaba un libro perdido durante milenios, conspiraciones ocultas que sólo podían ser el fruto de unas mentes desquiciadas, asesinos que no dudaban en matar inocentes dejando escenarios sacados de imágenes del Tarot tan sólo para despistar a las autoridades... Un montón de sandeces paranoicas mezcladas con ocultismo barato, de las que no creyó absolutamente nada. Pero también estaba lo de la alucinación para contrarrestarlo todo, algo que no podía explicar de ninguna manera, que le tenía confundido, y el hecho insólito de que aquel personaje que decía llamarse Nicholas Farmer se parecía realmente a la fotografía que acompañaba al informe sobre la más reciente víctima de Hermes que le había sido entregado por la policía para que elaborase el perfil psicológico del asesino, y que ahora, tras lograr por fin convencer a su esposa de que todo iba bien y que podía irse a dormir, se apresuró a examinar de nuevo con detenimiento.

Sentado en su despacho con la fotografía del anticuario supuestamente asesinado en las manos, Andrew Abberline intentó en vano buscar una explicación lógica a todos aquellos disparates. Farmer y Miller sólo le habían pedido tiempo. Tiempo para reflexionar e investigar. Y eso era precisamente lo que iba a hacer, porque era algo que él también necesitaba.

Las horribles pesadillas continuaban y Andrew Benson no podía hacer nada para detenerlas. Cada vez que cerraba los ojos, incluso aunque no estuviera dormido, se le aparecía su mujer muerta como queriendo decirle algo, avisarle, darle un mensaje urgente y angustioso. Sin embargo, nunca llegaba a abrir siquiera la boca. Siempre sucedía algo repentino que hacía que ella saliese corriendo aterrada y tenía que perseguirla una y otra vez a través de aquel túnel oscuro. A veces era sólo una sombra confusa que se retorcía cerca de ella lo que la espantaba, otras creía distinguir la figura de un hombre que se acercaba despacio en la oscuridad que les rodeaba, pero, por más que lo intentaba, no lograba reconocerle. ¿Qué querían de ella? ¿Por qué no la dejaban en paz de una vez, para que ambos pudiesen descansar? Hasta en la muerte la atormentaban.

El horror escamoso que esperaba en el fondo del túnel quería engullirla para siempre. Él sabía que le estaba pidiendo que lo evitase, que la ayudase, pero no sabía cómo hacerlo. Sólo en algunas ocasiones una voz amiga que surgía de las tinieblas le susurraba algo referente a un libro. ¿Qué libro?, gritaba entonces, desesperado.

"El que tiene Lewis Miller", le decía.

—¿De verdad es seguro que permanezcamos aquí? —dudaba Lewis Miller—. ¿Ese hombre no dirá a la policía dónde estamos?

—No lo hará —le aseguró convencido Farmer.

—¿Y si lo hace?

—No lo hará, no te preocupes —repitió el anciano—. ¿No quieres ver el libro?

El ofrecimiento le cogió totalmente desprevenido. El anticuario abrió la pesada cartera que le acompañaba y sacó un grueso volumen con tapas de piel negra en las que destacaban unas bellas letras doradas escritas en árabe. Miller había visto las suficientes veces aquel nombre como para reconocerlo sin el menor género de dudas aunque estuviese en aquel idioma. Se acercó titubeante para mirarlo.

في سالاا

—¿Puedo...? —preguntó.

Farmer sonrió, apartándose ligeramente para dejarle sitio.

—Por favor...

El libro era muy antiguo. El escritor lo tocó con reverencia y pasó las crujientes hojas con manos temblorosas, temeroso de que fuesen a deshacerse entre sus dedos. Una poderosa emoción le embargaba. De pronto todas las dudas se disolvieron y tuvo la absoluta convicción de que aquél era el auténtico *Necronomicón*, el terrible grimorio que todo el mundo consideraba ficticio pero que, sin embargo, era el más buscado y anhelado por legiones enteras de personas que creían en lo oculto en los cinco continentes. Paseó lentamente la mirada por el texto incomprensible, por sus enigmáticos grabados, y se sintió mareado. Tuvo que apartarse para no seguir viéndolo, con la espantosa sensación de que los signos empezaban a adquirir sentido para él. Había comenzado a sudar, aún cuando se sentía completamente helado.

—¿Qué has notado? —le preguntó Farmer, mirándole con una súbita ansiedad.

—No lo sé —susurró Miller con un hilo de voz—. Parecía como si... No lo sé...

—¿Como si pudieras leerlo...? ¿Como si lo entendieses?

—Es imposible —rechazó, lívido como la cera.

—El libro elige a quien puede conocer sus secretos —suspiró el anciano—. Dice la leyenda que ni siquiera la mayoría de los propios ángeles podían leerlo. No me equivoqué contigo. Tú puedes ver más allá de lo que hay escrito...

Miller notaba fuertes náuseas, como si se hubiera acercado demasiado a un abismo aterrador y apenas hubiese conseguido salvarse de caer por él.

—Pero éste no es el libro verdadero, es sólo una copia. Eso es lo que me dijo Perenelle, ¿no es cierto?

—Así es, es una copia...

—¿Y dónde está el original? ¿Usted lo sabe?

—Sí, lo sé —afirmó Farmer con rotundidad, y cerró el libro para después volver a abrirlo por la primera página escrita—. Lee aquí... La primera frase.

Miller miró hacia el texto donde apuntaba el dedo del anticuario, precavido.

—Está en árabe —dijo—. Apenas conozco algunas palabras, muy pocas...

—Inténtalo. Estoy seguro de que serán suficientes.

El escritor comenzó a leer.

اذـﻪ ﺑﺎﺗﻜﻟﺍ ﻱﺳﺎﻟﺍ ﺱﺃﺭ ﺝ

—Hadzâ al'kitab... al'azif râs yahya... ¿Éste es el libro de la canción de Razaya? —tradujo al instante—. Razaya se refiere al ángel Raziel, ¿no es verdad? Lo sé por el título del tratado de Eleazar de Worms, el *Sodei Razayya*. Pero eso es en hebreo.

El anticuario pareció razonablemente satisfecho.

—En realidad râs Yahya significa "la cabeza de Juan" —puntualizó.

Lo primero que le vino a la mente al parapsicólogo al oír aquello fueron los rumores que identificaban al demonio Baphomet, al que supuestamente adoraban los caballeros del Temple, con la cabeza de San Juan Bautista. No entendió nada. ¿Qué tenía que ver eso con un libro supuestamente escrito en Siria durante los albores del siglo VIII, cuando los templarios no existieron hasta cuatro siglos después? Estaba temblando como si tuviera fiebre.

—¿Qué quiere decir?

—Creo que el autor de la copia describe aquí el paradero del texto original —explicó Farmer—. En el resto de su prólogo no vuelve a hacer referencia a esa cabeza y sólo menciona al libro como *Al'Azif.*

—La canción... La cabeza de Juan que canta... ¿Un monumento tal vez?— sugirió.

—Es posible —El anciano sonrió—. Debes llegar a tus propias conclusiones, y debes hacerlo por ti mismo. El libro te ha elegido para que lo encuentres.

—Eso es un completo disparate —opinó el escritor, cada vez más molesto por todo lo que estaba insinuando aquel hombre extraño—. ¿No creerá en serio en todas esas tonterías?

—Si no creyera en ellas, hace mucho tiempo que estaría muerto. Mucho, muchísimo tiempo. Más seguramente del que podrías llegar a imaginar.

Cantando a su ojo la serpiente nos oye.
Mirad el cielo nocturno
donde vive la cabra.
Mirad entre diciembre y enero,
mirad hacia la amatista y hacia el plomo,
porque él es el señor del plomo,
la cabra serpiente y la serpiente cabra.
(El Ojo de la Serpiente Cornuda, poema de la Frati Nigra)

Capítulo Once

Andrew Abberline estuvo durante horas buscando datos en Internet acerca de la Frati Nigra, la sociedad secreta que, según Miller y el sorprendentemente resucitado Nicholas Farmer, era la responsable de todas aquellas muertes y les perseguía, pero apenas encontró nada importante, y todo lo que había le resultó decepcionante. Al parecer se daba por supuesto que la secta existía, sin embargo se había escrito muy poco sobre ella. Eso le extrañó mucho, y más en un medio como la Red, donde proliferaban en los últimos tiempos todo tipo de páginas sobre esos asuntos parahistóricos. Probó por si tenía más fortuna con otras versiones más anglicanas del nombre, como Fraternidad o Hermandad Negra, y le salieron enlaces a sitios donde se hablaba sobre una presunta guerra cósmica entre hermandades de colores opuestos que se disputaban el dominio del mundo, como una variante más moderna de la eterna lucha maniquea entre el Bien y el Mal. No encontró en ellos nada concreto tampoco. La Hermandad Negra parecía sumida en el silencio más absoluto, olvidada e ignorada por todos.

Entonces, cuando empezaba a pensar que se hallaba en un callejón sin salida por el que no podría seguir avanzando, recibió una llamada del inspector McDonald. Su compañero Andrew Benson había huido del hospital donde estaba ingresado.

Robert McDonald no podía creer todo lo que estaba pasando. Había regresado de nuevo al Hospital Maudsley, para interesarse por si había alguna mejoría en el estado mental de Benson, y se había encontrado con la desagradable sorpresa de que su habitación estaba vacía y nadie parecía saber nada sobre él. Se acercó al mostrador de Información y preguntó a la enfermera que había allí si le habían dado el alta médica, pero en los ordenadores no había constancia de ello. Tal vez, le sugirió, el paciente había salido a pasear por el recinto y volvería más tarde a la habitación. Aquello no era una cárcel ni nada por el estilo, y los pacientes tenían total libertad para moverse. Decidió, pues, esperarle, mas tras media hora sin dar señales de vida se dedicó a recorrer el hospital buscándole. Resultó totalmente infructuoso. A Benson parecía habérsele tragado la tierra. Probó fortuna también llamándole al móvil y le salió el clásico mensaje de "apagado o fuera de cobertura", que era como la admisión digital de que realmente se había esfumado. Entonces, harto ya de aquella situación incomprensible, se dirigió a la dirección del centro para ponerlos en alerta.

Cuando por fin resultó evidente para todo el mundo que Benson se había marchado sin dejar el más mínimo rastro, el policía informó a Scotland Yard y después telefoneó al doctor Abberline. Al cabo de menos de veinte minutos el psiquiatra se personó en el recinto hospitalario, muy contrariado y afectado por lo sucedido. Tenía aspecto de haberse pasado toda la noche sin dormir, pero eso no evitó que se enzarzase en una acalorada discusión con varios de los médicos del centro, durante el transcurso de la cual pronunció palabras muy duras en que incluyó el término "negligencia". McDonald tuvo que intervenir para calmarle porque los ánimos comenzaban a caldearse en demasía.

—Déjelo —le sugirió—, ya tengo a todos nuestros hombres buscándole, no se preocupe. Le he hecho venir porque usted entiende de estas cosas. ¿Qué puede estar pasando por su cabeza?

—Bueno, depende de la intensidad de su depresión —contestó Abberline—. El hecho de que se haya escapado no presagia nada bueno. Supongo que tendrá armas en su casa, ¿verdad?

—¿Sugiere que puede intentar suicidarse? —se preocupó el policía.

—Ésa es una de las más altas probabilidades en este tipo de casos, sí.

McDonald telefoneó de nuevo a la Central para pedir que un coche-patrulla se acercase lo antes posible al domicilio de Benson.

—Ha dicho que ésa era una probabilidad. ¿Cuáles son las otras?

—Que su compañero sepa algo importante que nosotros no sabemos —respondió el psiquiatra, mirando al policía con atención, intentando interpretar sus gestos—, como que hubiera más gente involucrada en el asunto del asesino Hermes aparte del hombre que se suicidó delante de él.

McDonald enarcó una ceja, muy sorprendido.

—¿Cómo lo hace? —le preguntó.

—¿Cómo hago qué?

—Nada, olvídelo —decidió dejar el tema el policía para

no hablar más de la cuenta—. ¿Tan predecibles somos? ¿Es posible saber con certeza todo lo que haremos?

El psiquiatra comprendió que había metido el dedo en la llaga.

—No, sólo comprender por qué hacemos lo que hacemos.

—Y, si se diera esa segunda probabilidad —casi admitió McDonald—, ¿qué se supone que intentaría?

—No es necesario entender de psiquiatría para responder a esa pregunta. Plantéesela como si fuese usted mismo el sujeto en cuestión. Póngase en su piel por un momento. ¿Qué intentaría usted si supiera que los asesinos de su mujer aún están en la calle?

—¿Venganza? —sugirió.

Abberline apretó los labios e hizo un gesto inequívoco mostrando las palmas de las manos.

—Ésa tal vez sería su opción —fue toda su respuesta.

El móvil de McDonald empezó a sonar en ese momento y el inspector se apartó un poco para atender la llamada lejos de oídos curiosos. La policía parecía tener bastante claro también que el asesino Hermes no era un solo individuo, y Abberline comprendió que el hecho de que no lo hubiesen puesto todavía en su conocimiento quería decir probablemente que sospechaban que el caso iba más allá de unas simples psicopatías. O bien se trataba entonces de crimen organizado, o de lo que oficialmente se conocía como "grupos totalitarios", o sea sectas y similares. Ambas posibilidades resultaban inquietantes. En cualquier caso, la única forma de seguir averiguando más cosas era mantenerse cerca de la acción. Sopesó muy seriamente la alternativa de informar sobre lo que sabía, pero, en realidad, se dijo, todo eran puras chifladuras, y lo más probable era que las dos personas que se las contaron ya no estuviesen ni tan siquiera cerca de donde las encontró, por lo que, en definitiva, no tenía nada de auténtico valor.

—¡Esto es increíble! —oyó que decía McDonald a muy

poca distancia, enojado—. ¿Cómo que ha desaparecido otro cuerpo del Depósito...?

El taxi le dejó en aquella tranquila y casi desierta urbanización según sus propias indicaciones y Andrew Benson, como en un sueño brumoso y deforme, se vio a sí mismo pagando la carrera sin tener exacta consciencia de cómo había llegado realmente hasta allí. El taxista le miraba con suspicacia, creyendo sin duda que estaba drogado. Y razones no le faltaban para sospecharlo, ya que incluso él se notaba extraño, como si estuviese ocupando subrepticiamente un cuerpo que no era el suyo y sobre el que no tenía en absoluto ningún dominio. Cuando el vehículo se marchó, perdiéndose entre el resto de construcciones, la sensación se fue haciendo aún más intensa. Era como estar viendo una película que no tuviera nada que ver con su persona, sentado en la última fila del cine.

El inspector Benson miró durante un largo instante la casa que tenía enfrente. Las voces que oía en su cabeza le guiaban hasta ese lugar. Sabía que allí dentro estaba el hombre al que buscaba, y lo sabía porque las voces no dejaban en ningún momento de repetírselo. Su propia esposa le gritaba con desesperación que lo encontrase, destacando entre toda aquella cacofonía infernal que ahogaba sus propios pensamientos. Nervioso, palpó la culata del negro revólver que guardaba en su cinturón y se acercó a la valla que rodeaba la finca, sabiendo con total seguridad que no supondría el más mínimo problema para él franquearla. Vigiló alrededor, comprobando que no hubiese nadie observándole, y segundos después estaba ya al otro lado de aquella inútil barrera, aterrizando ágilmente en un suelo de tierra; luego aferró decidido la pistola y se dirigió con cautela, pero también con rapidez, hacia un lateral de la vivienda.

Desde una ventana enrejada de la planta baja pudo ver a Miller y a Farmer juntos, estudiando aquel libro negro que había vislumbrado varias veces en sus sueños. No le extrañó que el anciano no estuviese muerto como había estado creyendo hasta ese momento. Su mente perturbada ya no funcionaba de la misma manera que sólo unos pocos días atrás y lo imposible había dejado de existir como tal. Sólo experimentó una ira ciega al comprobar que las voces de su cabeza tenían razón en lo que le decían. Todo lo malo que le había sucedido en los últimos tiempos era culpa de Miller. Él era la sombra maligna de la que huía su esposa Martha a lo largo de aquel horrible túnel.

Benson se agachó para no ser descubierto, pasó por debajo de la ventana y siguió buscando alguna forma de entrar en la casa. Tardó un poco, pero cuando vio, en la parte trasera del garaje, una puerta vieja y destartalada cerrada tan sólo con un candado, sus labios se torcieron en una mueca salvaje.

—¡Es imposible! —se negó a admitir Lewis Miller lo que le estaba sucediendo, espantado.

Cada vez le resultaba más fácil reconocer los signos manuscritos de aquel libro maldito, e incluso empezaba a tener la angustiosa impresión de que en cualquier momento podría llegar a leerlo con la misma facilidad como si estuviese escrito en perfecto inglés, en lugar de una lengua muerta y olvidada hacía milenios. Las letras parecían cambiar cuando las miraba, aunque sólo él pudiese distinguirlo en realidad. La sensación de vértigo inicial que se apoderaba de él ya no era tan fuerte, pero seguía allí, en cada una de las imágenes que le evocaban aquellos símbolos extraños y que narraban la terrible historia de los Grandes Antiguos, los Primeros, entidades cósmicas de un poder inimaginable, pero desprovistos de cualquier tipo de atributo que los pudiera hacer comprensibles para la mente humana, que habitaron nuestro universo en el comienzo de los tiempos.

—Resulta difícil aceptarlo, lo sé —estuvo de acuerdo el anticuario, incorporándose junto a él—. Yo apenas he conseguido vislumbrar tan sólo una parte de lo que contiene, y me ha costado mucho tiempo y esfuerzo. Verlo todo con la claridad con la que puedes hacerlo tú debe ser un shock. Debes tomarte tu tiempo para asimilarlo debidamente.

—No sabe lo que me está pidiendo...

—Sí que lo sé —aseguró Farmer con gravedad—. Te pido que arriesgues tu cordura, puede que incluso tu propia alma, pero es absolutamente necesario.

—¿Necesario para qué? —quiso saber Miller.

Farmer se dispuso a responderle, pero en aquel preciso instante irrumpió en la sala por sorpresa aquel hombre, Andrew Benson, como un vendaval, con un arma en las manos, y, sin mediar la más mínima palabra, le descerrajó al anciano cuatro disparos a bocajarro. El anticuario salió despedido hacia atrás como si le hubiesen golpeado con un ariete y se estrelló contra un mueble con violencia. Miller, estupefacto por la rapidez con la que se produjo todo, fue incapaz de reaccionar.

Él no veía a Benson. De pronto a su alrededor todo se había llenado de una espesa y oscura niebla, y en ella se movía una sombra informe e inmensa en la que sólo destacaban los ojos brillantes como ascuas. Parecía fluir hacia él igual que una mancha de petróleo lo hace sobre el agua. Aterrorizado, empezó a retroceder de forma precipitada, sin distinguir nada salvo aquel horror semilíquido.

—¡Tú tienes la culpa! —tronó una voz sibilante que no podía ser humana.

Una garra hecha por completo de oscuridad brotó de la niebla y le aferró con una fuerza tremenda la garganta. Su espalda chocó contra una pared que le impidió seguir alejándose. No podía respirar.

—¡Pagarás por lo que has hecho!

La sombra se abatió sobre él llenándolo todo, engulléndole.

En la vivienda del inspector Benson parecía no haber nadie. Frustrado y molesto, el inspector McDonald se preguntaba cuál podría ser el próximo paso que debería dar, cuando su móvil empezó a sonar de nuevo. Sabedor de que últimamente sólo le avisaban cuando había malas noticias -quizás también porque no había otras-, se lo llevó al oído. A su lado, y siempre manteniéndose en discreto silencio, Abberline tuvo un molesto presentimiento, que se vio confirmado del todo cuando el policía se volvió hacia él.

—Esto está empezando a resultar realmente siniestro —le dijo—. Ha habido un tiroteo en una propiedad de los padres de Lewis Miller. Tengo que ir allí de inmediato.

La expresión del psiquiatra no se alteró lo más mínimo ante la noticia, aunque su esfuerzo le costó.

—¿Hay víctimas? —preguntó, intentando parecer sólo interesado.

—Han encontrado mucha sangre, pero ningún cuerpo. Si quiere venir...

Abberline interpretó aquel ofrecimiento del inspector como un símbolo no reconocido de impotencia. Resultaba evidente que la policía se veía completamente desbordada por aquellos acontecimientos y necesitaban cualquier ayuda que se les pudiese proporcionar. El científico aceptó con un silencioso asentimiento y poco después estaban en un coche-patrulla camino del lugar de autos. Los dos hombres se mantuvieron en silencio, cada uno sumergido por completo en sus lúgubres pensamientos.

—Sorpréndame de nuevo con su clarividencia, doctor

—habló por fin el inspector—. ¿Qué cree que puede haber pasado en esa casa, con los escasos datos de que dispone?

Abberline dio un respingo, cogido por sorpresa. McDonald parecía haber estado leyendo su mente sin pretenderlo, ya que precisamente eso era lo que se estaba preguntando a sí mismo en ese momento.

—Bueno, tal como usted lo ha dicho, tengo pocos datos para pronunciarme. Todo apunta a que la misma persona que intentó asesinar a Miller en su propia casa podría ser la responsable de este nuevo ataque, pero hasta que no vea el escenario no podré sacar conclusiones.

—¿Algún perfil sobre esa persona?

—¿Piensa que puede tratarse de un psicópata? —se sorprendió el psiquiatra, negando después con la cabeza—. Yo no lo creo. Me muevo en un terreno resbaladizo que no es el mío, pero yo diría, por lo que pude ver en la otra escena, que estamos tratando con otra clase de asesino y que sus motivaciones pueden ser más profesionales que psicológicas.

McDonald volvió a quedarse callado. Abberline intuyó que el policía se estaba guardando más cosas. Y así era. En la llamada que había recibido antes, mientras estaban ante la puerta del piso de Benson, también le habían informado de que el automóvil que ayudó a escapar a Miller en la Calle Victoria había sido adquirido sólo unas semanas antes por una empresa fantasma. Todo sugería, en efecto, que allí estaba ocurriendo algo mucho más gordo de lo que habían imaginado al principio.

Un vehículo de la Policía Local de Gravesend les esperaba en la A-2, a la entrada de la localidad donde comenzaba su jurisdicción, para guiarles hasta la urbanización, y, una vez en el lugar del crimen, McDonald tuvo que acreditar la presencia del doctor Abberline como perito policial en el caso. El psiquiatra procedió a examinar los destrozos del salón y la enorme mancha de sangre que había en el suelo, con huellas alargadas que surgían de ella. Los profesionales del SCD aún no habían hecho su aparición, pero no hacía falta ser ningún experto en medicina legal para ver que esos rastros los había hecho un cuerpo arrastrándose por su propio esfuerzo y que luego se había logrado poner en pie. Había además huellas de manos ensangrentadas en las baldosas, y luego en la pared. Abberline se dijo que nadie que hubiese perdido tanta sangre podía seguir manteniéndose con vida y pensó automáticamente en Farmer, el hombre al que habían dado por muerto en otra ocasión y que sin embargo, a pesar de todo, seguía caminando. McDonald no le había dicho nada al respecto, pero no pudo evitar preguntarse si el "otro cuerpo" que había desaparecido del Depósito no sería el del anciano.

Estaba empezando a pensar tonterías.

En la revuelta del gran número séptimo,
Aparecerá en tiempo juegos de Hecatombe,
No alejado de la gran edad milenaria,
Que los entrados saldrán de su tumba.
(Centuria LXXIV, Nostradamus)

Capítulo Doce

Lewis Miller despertó después de un tiempo indeterminado con un fortísimo dolor de cabeza que le hizo gemir. Había quedado inconsciente tras recibir un golpe y el pómulo derecho lo tenía abierto y completamente hinchado. Supuso que el dolor iría a peor sin la menor duda. No veía nada y al principio pensó que era cosa de sus ojos, pero pronto comprendió que en realidad se hallaba en un sitio donde no había la menor luz. Se sentó y luchó como pudo contra las náuseas que le asaltaban. Su cerebro parecía estar viajando por una montaña rusa enorme sin darse cuenta al parecer de que había dejado el resto de su cuerpo abandonado en otro lado.

Los ojos se le fueron acostumbrando a las tinieblas poco a poco. Palpando en torno con cuidado, descubrió que se encontraba en el suelo, en una habitación que parecía completamente vacía, sin ventanas que dieran a ningún sitio, sólo con una puerta cerrada que dejaba asomar por debajo una fina línea de luz. Miller se incorporó con dificultad y fue hacia ella para intentar abrirla, pero la cerradura estaba bloqueada y le resultó imposible. Sus últimos recuerdos antes de quedar sin sentido afloraron con fuerza y comenzó a aporrearla de manera frenética.

—¡Eh, eh, socorro! ¿Hay alguien? ¡Socorro!

Entonces oyó algo en la oscuridad que le rodeaba, allí dentro, muy cerca...

Se quedó callado e inmóvil como una estatua, cubierto de sudor frío. El corazón le martilleaba en los oídos como un tambor africano. ¿Y si la criatura monstruosa que le había atacado antes estaba encerrada allí con él, agazapada entre las sombras de las que parecía formar parte? Sintió que el terror le agarrotaba la respiración hasta casi asfixiarle con su abrazo gélido. Un bulto negro se agitó de modo casi inapreciable en un rincón y Miller estuvo a punto de soltar un grito. Por instinto comenzó a alejarse en dirección contraria, siguiendo el recorrido de la pared hasta quedar justo en el rincón opuesto al que ocupaba la silueta informe que había creído distinguir. ¡Dios! ¿Qué era aquello? Su imaginación se disparó enloquecida, sin el menor freno, y creyó ver una legión de demonios poblando las sombras y mirándole con gula.

¿Era esto tal vez consecuencia de haberse atrevido a leer el *Necronomicón* con tanta osadía? ¿Había quedado atrapado sin remisión en su universo de pesadilla? El escritor se preguntó si esto mismo sería lo que le había pasado al hombre que transcribió los textos originales, el poeta llamado Alhazred, y que, según la leyenda, enloqueció tras la lectura para ser luego asesinado por un vampiro invisible ante decenas de testigos.

Aquel ser que se ocultaba en la oscuridad emitía unos sonidos extraños y en apariencia inhumanos. Miller se tapó los oídos para no seguir escuchándolos. Parecían sollozos. Cerró los ojos también, diciéndose que nada de todo aquello podía ser real, y confiando en que tal vez las cosas volverían a la normalidad cuando los abriese de nuevo. Sin embargo no fue así: todo siguió como estaba, sin alterarse lo más mínimo. No hubo milagro, ni compasión divina.

La cosa del rincón seguía llorando con desesperación. Miller intentó tranquilizarse y creyó captar palabras sueltas entre los balbuceos, aunque eran tan incoherentes que no consiguió entenderlas. Esforzó los ojos, pero la escasa luz que penetraba por la estrecha rendija bajo la puerta no era suficiente como para definir ninguna forma concreta. ¿Sería un hombre después de todo aquella criatura desconsolada? No vio otro modo de averiguarlo que hacer acopio extremo de valor e intentar comunicarse con aquel ser.

—¿Oiga? —preguntó con lo que le pareció un graznido tembloroso, estridente, y una voz que no reconoció como propia—. ¿Quién es?

En aquel momento escuchó un fuerte chasquido en la puerta y ésta se abrió de golpe. La cascada de luz que penetró por ella le cegó momentáneamente y, cuando pudo reaccionar, dos pares de brazos le sujetaron sin el menor miramiento y tiraron de él para llevárselo a rastras. El escritor se resistió.

—¡No, esperen! —gritó, protestando—. ¿Qué es esto? ¿Quiénes son ustedes? ¿Qué quieren de mí?

No hubo respuesta por parte de sus captores. De reojo distinguió que la persona que había estado con él en la habitación era el inspector Benson, o al menos alguien que se le parecía mucho, aunque tenía un aspecto lamentable. Permanecía hecho un ovillo y temblando pegado a la pared, como un perro que temiese ser apaleado. Por un momento sus miradas se cruzaron y Miller supo que aquel pobre hombre había enloquecido sin duda. Redobló sus esfuerzos por liberarse de las manos de aquellos dos sujetos que le arrastraban, pero eran demasiado fuertes para él.

Vestían ropas negras y ese detalle aún aumentó más su histeria. Parecían los típicos esbirros silenciosos y brutales que salen en las películas. Le sacaron a la fuerza del cuarto y, viendo que no dejaba de luchar, uno de ellos sacó una pistola de entre sus ropas y se la puso directamente en la cara. Miller hasta dejó de respirar cuando vio el negro cañón ante sus ojos.

—¡O vienes con nosotros sin rechistar o te vuelo la cabeza, maldita sea! —le amenazaron—. ¡Tú decides!

No tuvieron que volver a repetírselo. Viendo que se quedaba quieto, le soltaron y el escritor los miró atemorizado.

—¿Qué van a hacer conmigo? —preguntó.

—¡Camina de una vez!

Obedeció sin quejarse. Los dos hombres le condujeron por una serie de pasillos lujosamente adornados con cuadros y estatuas que debían valer una fortuna. El lugar, a pesar de la opulencia que emanaba, tenía una quietud siniestra. Miller, delante de ellos, caminaba con la convicción absoluta de que iba a ser ejecutado en cuanto llegasen a su destino. O tal vez, pensó de forma irracional, le sacrificarían a algún dios oscuro de nombre impronunciable.

Buscó con desesperación alguna forma de escapar de aquella angustiosa situación, pero la ominosa presencia del arma que le apuntaba era un obstáculo insalvable a todas luces. Por último, llegaron a un amplio despacho digno de un ministro donde alguien les esperaba tras una mesa de roble, sentado en una butaca dándoles la espalda. Los dos hombres que le acompañaban volvieron a sujetarle para que se detuviese a solo unos metros de aquel sujeto, que debía ser su jefe.

—Frato, hike esas la karcerano[6] —dijo uno de ellos.

El nuevo personaje, sin volverse, levantó una mano como señal de entendimiento.

—Tre bone, danko —respondió—. Lasez a ni soli[7].

Los hombres que le habían traído hasta allí dudaron un momento como si no se atreviesen a obedecer y se miraron entre ellos, pero al final se alejaron lo suficiente como para dejarlos solos, aunque no le perdieron de vista ni un instante y permanecieron vigilantes a respetuosa distancia. Miller no se

---

[6.] Hermana, aquí está el prisionero.
[7.] Muy bien, gracias. Dejadnos solos.

movió de donde le habían dejado. El otro individuo se dio la vuelta de manera solemne.

—Me alegra verte de nuevo, Lewis —le dijo.

Oír de nuevo aquella voz de mujer fue toda una sorpresa, pero cuando reveló su rostro aquella sensación se convirtió en absoluta incredulidad.

—¿Perenelle...?

El doctor Abberline estaba completamente agotado. Apenas había dormido en toda la noche anterior y ahora la tensión acumulada en sus nervios durante los últimos días estaba empezando a hacer mella en él, así que le pidió al inspector McDonald que le llevase hasta donde había dejado su coche y se marchó a casa para descansar aunque sólo fuese unas horas. En el transcurso del viaje de regreso se enteró por fin de que Miller había pasado a convertirse de nuevo en el principal sospechoso del asesinato de una mujer, y lo más probable era que le endosasen también el que sin la menor duda se había producido en el chalet de sus padres. El psiquiatra prefirió no decir nada sobre el encuentro que había mantenido con él y Farmer en aquel mismo lugar sólo unas horas antes. Probablemente sus huellas aparecerían más pronto que tarde y se vería forzado entonces a justificarlo de alguna manera, pero de momento no se veía con fuerzas para enfrentarse en condiciones a un interrogatorio. Ahora sólo podía pensar en dormir.

¿Habría matado Lewis Miller también al anticuario? Todo parecía sugerir que así era. Si se dejaba de lado la historia increíble que le habían contado los dos hombres, Miller se presentaba como el perfecto candidato para explicar todos aquellos crímenes. Tal vez debía admitir que desde el primer momento había estado equivocado y el escritor era el responsable de toda aquella locura sin sentido.

Tras dejar aparcado el coche, Abberline se dirigió caminando al edificio donde vivía. Junto al portal había un mendigo harapiento que llevaba un largo abrigo raído, apoyado en la pared para seguir manteniéndose en pie, borracho sin duda. Abberline procuró no mirarle, sabedor de que tal acto podía traerle problemas, pero cuando fue a abrir la puerta no tuvo más remedio que hacerlo, ya que le agarró por el brazo con una mano que más parecía una garra manchada de sangre seca.

—¡Doctor Abberline! —le dijo el mendigo—. ¡Tiene que ayudarme!

El perito de la policía reconoció al instante aquel rostro avejentado y contraído por el dolor. Era Nicholas Farmer.

—¡Pero, hombre de Dios...! —se apresuró a ayudarle, pues el anciano parecía a punto de desplomarse—. ¿Qué le ha pasado?

Vio que, bajo el abrigo que le cubría, el torso del viejo bibliófilo estaba por completo manchado de sangre. No pudo evitar pensar de nuevo en la enorme mancha que había visto en el suelo de la casa de Gravesend y volvió a repetirse que era imposible que alguien que hubiese perdido tal cantidad pudiese seguir aún con vida.

—¡Han cogido a Lewis! —le informó con una mueca agónica—. ¡Tenemos que encontrarle cuanto antes o todo estará perdido!

El médico ignoró aquellas palabras, considerándolas fruto del delirio, y se apresuró a coger su teléfono móvil para llamar a una ambulancia sin pérdida de tiempo.

—Lo primero es llevarle con urgencia a un hospital. ¿Le han disparado?

—¡No! ¡Nada de hospitales! —se negó de forma violenta el anciano, apresando la mano que empuñaba el aparato—. Me curaré. Sólo necesito... tiempo... No lo entiende: se han llevado también el Libro y si no los detenemos... De verdad, no necesito un hospital...

Abberline se dejó vencer por aquellos ojos suplicantes que le taladraban y, en contra de todo lo que le decía su experiencia profesional y el propio sentido común, volvió a guardar el móvil. Debía estar volviéndose loco él también. Aquel hombre moriría si no recibía atención médica urgente. Se dio cuenta de que estaban empezando a llamar la atención entre los transeúntes y tomó una decisión rápida.

—De acuerdo, entremos...

Una vez dentro del portal y a salvo de miradas indiscretas, el psiquiatra abrió las ropas ensangrentadas del anticuario hasta dejar por completo al descubierto el pecho pálido y huesudo. También allí había una tremenda cantidad de sangre pegada a la piel, pero comprobó atónito que las únicas heridas que tenía, efectivamente de bala, eran antiguas y por tanto de ellas sólo quedaban ya las cicatrices.

—Ya se lo dije —casi se rió Farmer, aunque acabó tosiendo—. Sólo estoy... un poco débil...

La lógica se impuso con rapidez a la sorpresa inicial en el cerebro de Abberline.

—¿De quién es toda esa sangre?

— Si no le importa... preferiría contárselo todo en un lugar más tranquilo...

—No deberías sorprenderte tanto, querido Lewis —sonrió Perenelle ante la lividez repentina que se había apoderado por completo del rostro de Miller—. Ya te dije que soy la auténtica Perenelle Flamel, y que mi querido marido, al que ya has conocido, es Nicolas Flamel. Me tomaste por loca y no quisiste creerme entonces, pero es la verdad. ¿Me crees ahora?

El escritor estaba tan sorprendido que apenas podía hablar. Allí estaba, ante una mujer a la que había visto con sus propios ojos degollada por un cuchillo.

—Estabas...

—¿Muerta? —La mujer se llevó la mano al cuello para masajeárselo ligeramente, como si aún le doliese—. En realidad no... Pero es cierto que debía parecer que moría asesinada para que la policía tuviera algo con lo que entretenerse. Lo siento, pero me temo que ahora te persiguen por asesinato. Mi asesinato, para ser precisos.

Miller permanecía aturdido. Miró de arriba a abajo a aquella figura vestida con hábito negro como un fraile y se preguntó si era la misma persona a la que había ayudado tanto a buscar el *Al'Azif*.

—No comprendo...

—Venga, eres un hombre inteligente, claro que lo comprendes, y mejor de lo que lo haría otra gente. Mi marido también intuyó la verdad hace mucho, mucho tiempo, cuando, estúpidamente, intenté hacerle entrar en razón para acabar de una vez con siglos de persecuciones, siempre viviendo escondidos y llenos de miedo. Es imposible luchar contra la Frati, ya te habrás dado cuenta. Existen desde hace más tiempo del que ellos mismos recuerdan. Tarde o temprano nos encontrarían, le dije, pensando que lo entendería. Pero no quiso escucharme. Él y su estúpida misión divina. Por eso me ocultó el paradero del *Libro de Raziel*, porque creo que no confiaba en mí después de aquello, aunque no pudo evitar que viese la famosa frase del cuadrado mágico entre sus notas, y tu nombre al lado.

Aquella tremenda revelación se abrió paso en el cerebro de Miller como una cosechadora en un campo de trigo, devastándolo todo a su paso. Todavía se negaba a aceptar la realidad a pesar de todo.

—¿Eres... una de ellos...?

—No quería seguir huyendo durante toda la eternidad —se excusó la esposa de Farmer—. Al final, por las buenas o por las malas, conseguirán hacerse con el Libro, así que decidí que fuese por las buenas.

—¡Pero han matado a tu marido! —le reprochó Miller.

—No lo creo —volvió a sonreír la mujer con sarcasmo—. En el fondo tal vez a Nicolas le gustaría poder morir, pero por desgracia para él eso no puede ser así...

—¡Estáis todos locos! —se exasperó el escritor, harto ya de todo—. ¡Dejadme salir de aquí! ¡Prometo que no diré nada a nadie!

Perenelle suspiró y negó con la cabeza, aparentando una tristeza que en realidad no sentía.

—Me temo que las cosas no van a ser tan fáciles. Tienes algo que nos pertenece.

—¡Pero si ya habéis conseguido el libro! —protestó Miller.

—Esa copia no tiene ni la décima parte del poder que necesitamos. Son precisas las tablillas originales, y tú sabes ahora dónde están.

—¿Qué? —se alarmó el escritor—. ¡Yo no lo sé!

—Sí que lo sabes —reiteró Perenelle, convencida, e hizo un gesto a los dos hombres que esperaban sus órdenes al otro lado de la sala—. ¡Lleváoslo y arrancadle el secreto vivo o muerto!

Mil pensamientos pasaron por la mente de Lewis Miller en apenas un segundo. Recordó lo que le había dicho la propia Perenelle en otra ocasión, no mucho tiempo atrás, acerca de la necromancia, el arte de interrogar a los muertos que utilizaban muchas culturas antiguas, y supo que iba a ser torturado hasta morir, para que luego su cadáver fuera profanado y exploradas sus entrañas en busca de lo que no hubiera contado en vida. Un horror indescriptible se apoderó de él.

Cuando uno de aquellos hombres ataviados de negro intentó apresarle de nuevo, el escritor reaccionó con una violencia que nunca hubiera imaginado que poseyera dentro de él. Movido por el pánico, le propinó un codazo en plena cara. Luego se agachó y, revolviéndose, se lanzó contra el otro, golpeándole con la cabeza en los riñones. Todo fue muy rápido, hecho apenas sin pensar, y de la misma manera salió después corriendo, sin pararse a comprobar los efectos de sus demoledoras acciones.

—¡Detenedle! —oyó que gritaba Perenelle a sus espaldas—. ¡No dejéis que escape!

—Encontré ese libro hace muchos años —contó Nicholas Farmer a su anfitrión una vez estuvieron en el apartamento de la familia Abberline—. Me lo vendió un hombre árabe en un mercadillo de París, asegurándome que poseía secretos maravillosos que ningún hombre conocía. Y era cierto, aunque entonces yo no supe descifrarlos. Cuando me di cuenta de que yo solo, a pesar de todos mis conocimientos, no podría traducirlo, intenté buscar de nuevo a ese hombre, pero nunca más volví a verle, ni nadie sabía absolutamente nada sobre él. Busqué ayuda entonces entre los hombres más sabios de toda Europa, y en mis vagabundeos cometí el terrible error de enseñárselo a un noble que dijo llamarse Lazarus y ser discípulo de Guillermo de Ockham. Se mostró muy interesado en comprármelo, y me hizo una oferta nada desdeñable, debo admitirlo, sin embargo yo me negué. Más tarde comprendí que aquel hombre me había mentido y era en realidad un agente de la Frati Nigra.

—La Frati Nigra es esa secta de la que me habló la otra vez, ¿verdad? —le interrumpió el psiquiatra, sin hacerse una idea auténtica del contexto histórico de lo que le estaba narrando el anticuario.

—Sí. A partir de ahí empezaron mis problemas. Comencé a recibir a partes iguales amenazas y sustanciosas ofertas económicas, cada vez más elevadas, para que les entregase el manuscrito, pero mis estudios sobre él iban avanzando y pronto comprendí el valor real de lo que tenía en mis manos. Sufrí entonces un intento de robo y supe que mi vida y la de mi esposa corrían peligro.

—¿Intentaron matarle?

—Varias veces —respondió Farmer, sin especificar ni cuándo ni cómo se realizaron esos intentos—. Por esa razón, entre otras, desde entonces hemos estado cambiando continuamente de identidad y de residencia.

Abberline miró a su esposa, que en ese momento les estaba sirviendo unos cafés e intentaba disimular que no escuchaba la conversación. Se había sorprendido al ver el aspecto del extraño invitado que había traído su marido, pero no había hecho muchas preguntas suponiendo que debía tratarse de algún paciente suyo. De todos modos, y aunque le habían proporcionado ropa limpia, el recuerdo de toda la sangre que empapaba la que se había quitado no servía precisamente para tranquilizarla.

—¿Y todo por un libro? ¿Qué demonios contiene?

El anciano cogió su taza y bebió un sorbo lento. Cerró los ojos para paladear el café, como si llevara mucho tiempo sin hacer algo parecido.

—No puedo decírselo. Además, lo importante no es tanto el libro en sí, sino lo que significa para la Frati. Llevan milenios esperándolo, elaborando sus planes meticulosamente teniendo sólo como base su posesión, tejiendo una tela de araña cuyo centro primordial es ese libro. Cuando lo tengan, todo se desencadenará de un modo casi automático.

Aquello empezaba a sonar demasiado a conspiración judeo-masónica y Abberline se mostró muy escéptico.

—Pero usted me ha dicho antes que ya lo tienen —recordó a su huésped, atento a las fisuras que pudiera encontrar en su relato.

—Sí, es cierto, lo he dicho, pero en realidad sólo han encontrado una copia. Eso, aunque les ayuda, no les sirve para lo que pretenden. Precisan el original, y sólo Miller y yo sabemos dónde está. Por eso tenemos que rescatarle.

—En eso estamos de acuerdo: tenemos que encontrar a Miller. Según usted, ¿qué sucederá cuando esa "Frati" encuentre el verdadero manuscrito? ¿Dominarán el mundo tal vez?

Farmer sabía que el psiquiatra no creía ni una sola palabra de lo que le había contado. Sonrió y dijo:

—¿Quiere verlo?

Entonces alargó una mano, tocó la diestra desprotegida de Abberline y al instante en el cerebro del médico estalló la Tercera Guerra Mundial.

¡Congregaos en torno a mí, oh, vosotros que desafiáis a la muerte,
y la Tierra será vuestra, para ahora y para siempre!
(La Biblia Satánica, Anton Szandor LaVey)

Capítulo Trece

En su frenética y desesperada huida, Lewis Miller se encontró
con una ventana que daba a un jardín, situada en medio de un
pasillo. Echó un vistazo rápido y vio que había más de cuatro
metros hasta el suelo, pero también estaba seguro de que
aquellos dos individuos siniestros que le perseguían no eran los
únicos habitantes de la casa, y probablemente ya todos estarían
buscándole, así que no le quedaba más alternativa que salir por
allí. Jadeante, la abrió de par en par y se subió con agilidad al
alféizar sin dudar. Oía ruidos de gritos y carreras detrás de él,
que le parecieron cada vez más cercanos. Sonó un disparo y la
bala pasó a pocos centímetros de distancia, arrancando astillas
del marco. Miller se lanzó al vacío, gritando.

El impacto fue doloroso, aunque milagrosamente cayó de
tal manera que no se rompió ningún hueso. Rodó sobre un
montón de flores que amortiguaron el golpe. Se incorporó,
magullado pero intacto a priori, y siguió corriendo sin darse
tiempo a sí mismo para pensar, cojeando al avanzar. Su tobillo
derecho protestó, indicándole que a pesar de todo no había
salido indemne en su desafío a la gravedad. No quería mirar
atrás por miedo a lo que pudiera ver. Oyó otro disparo y se
agachó por instinto, sin detenerse. Tampoco esta vez le

acertaron. Había unas palmeras a pocos metros de donde se encontraba y se dirigió hacia ellas, confiando en la protección que podían darle. Más balas maullaron decepcionadas a su alrededor, prometiendo no fallar en la próxima ocasión.

El tiempo pareció algo sin sentido mientras se sumergía en aquel océano esmeralda. No supo cuánto permaneció huyendo a través de la vegetación, pero le pareció una eternidad hasta que, por fin, encontró una valla hecha de metal forjado y rematada de púas afiladas como lanzas que parecía ser el límite de la propiedad. Más allá el mundo volvía a ser de cemento. Desesperado, de nuevo no encontró más remedio que intentar saltarla. Miller se aferró como pudo a los barrotes y escaló con dificultades, resbalándose continuamente. Cuando sus manos alcanzaron el borde superior, gimió de pura alegría. En aquel momento no era capaz de imaginar felicidad más grande que escapar de aquella pesadilla en la que se hallaba sumergido. Haciendo un esfuerzo sobrehumano, elevó una pierna que parecía pesarle una tonelada, intentando pasarla por encima, y una de aquellas puntas mortíferas le desgarró el muslo con avidez.

El escritor apretó los dientes e ignoró el dolor. Todos los músculos de su cuerpo chirriaban de agonía. Otra púa maligna le arañó el pecho, buscando ensartarle, y entonces escuchó el estruendo de sus perseguidores surgiendo del interior del bosque. Se dejó caer hacia el otro lado de la valla.

No se rompió el cráneo contra el asfalto porque una vez más el cielo le ayudó. El instinto le hizo agarrarse a la verja en el último momento, con una sola mano, y el golpe se lo llevaron sus costillas al chocar contra las barras de forja. Quedó allí, colgando a escasa distancia del suelo, y luego sólo tuvo que soltarse para aterrizar sobre los adoquines.

Aturdido, vio que se hallaba en una zona residencial. A lo largo de la calle sólo se distinguían altas mansiones de lujo, auténticos palacetes rodeados de jardines muy parecidos a los que acababa de dejar atrás con tanta desesperación. Pero no podía quedarse más tiempo allí a admirarlos. Renqueando dolorido, continuó con su huida.

Andrew Abberline saltó violentamente hacia atrás como si hubiese sentido la picadura de una avispa y se alejó del anciano, despavorido. Mary, su esposa, soltó un grito que fue casi un eco del suyo propio y se acercó a él para ayudarle, temiendo que le estuviese ocurriendo algo malo.

—¡Dios mío! —jadeó el psiquiatra—. ¡No vuelva a tocarme! ¡No se le ocurra volver a tocarme!

Estaba temblando como un niño. Durante aquel breve contacto en que sus manos se habían rozado apenas, había visto cientos de imágenes como fogonazos deslumbradores que le mostraban un futuro apocalíptico: ataques nucleares generalizados, ejércitos arrasando ciudades enteras a su paso, ruinas grises repletas de cadáveres bajo un cielo que parecía arder en el centro del infierno radioactivo... Todo tan vívido, tan real, como si de verdad hubiese estado presente en esos sucesos terribles, a pesar de que aún no se habían producido. Y también había presenciado algo más espantoso si cabe, algo que le había provocado un pánico tan intenso que todavía perduraba en su memoria como una marca de fuego: una forma oscura e inmensa que recorría las alturas sobrevolando la tierra calcinada y muerta.

—¿Estás bien, Andrew? —le preguntó su mujer, que se volvió después hacia Farmer con reprobación—. ¿Qué le ha hecho?

—Lo siento mucho —se disculpó el anciano—, pero era imprescindible que viera lo que hay en juego.

Abberline intentó tranquilizarse, aunque conseguirlo le resultaba muy difícil. Apenas podía pensar con claridad. Todavía sentía en su mente los ecos de las visiones. Se preguntó si aquel hombre que tenía enfrente le habría inyectado algo sin que él se diera cuenta y que le estuviera provocando aquellas espantosas alucinaciones.

—¿Qué ha sido eso? —quiso saber el médico.

—El futuro —respondió Farmer—. Tal como será si la Bestia es al final liberada. Me ha pedido que le diga qué pasará, y eso es lo que he hecho, ni más ni menos. Primero se anunciará al mundo el hallazgo del Libro y se proclamará su contenido, la verdad que según la Hermandad Negra alberga en sus páginas. El Papa lo reconocerá como Palabra de Dios verdadera, renegando de la antigua fe, y muchos gobiernos le apoyarán, creándose una nueva religión mundial. Al mismo tiempo, Israel será destruida y se culpará de ello al Islam. Comenzará entonces una guerra sin cuartel que provocará millones de muertos en todo el globo. Pero eso sólo será el principio de lo que luego vendrá. Los adoradores de la serpiente se aliarán para exterminar a todo aquél que no comparta sus creencias, ya sean individuos, organizaciones o naciones enteras. El mundo entero quedará asolado, y entonces será el momento ideal para que los antiguos dioses vuelvan.

—Me está tomando el pelo —opinó Abberline, con la boca seca de horror.

—Ésos son los planes de la Frati Nigra. Han tenido miles de años para preparar el terreno, infiltrando a sus agentes en las cumbres del poder mundial, moviendo cada pieza lenta y cuidadosamente en este inmenso ajedrez cósmico en que han convertido al mundo. Ya sólo les falta el Libro para completarlo. Usted mismo lo ha visto, no le engaño. ¿Quiere que le enseñe más?

—¡No! —El psiquiatra se puso en pie de un salto para escapar del alcance del anciano, sobresaltando de nuevo a su señora, que no entendía absolutamente nada de lo que estaba pasando—. De acuerdo, busquemos a Miller. ¿Dónde cree que puede estar?

McDonald volvió de nuevo a las oficinas de MagnaLex, esta vez con una orden judicial conminándoles a colaborar en la investigación facilitando la lista completa de los clientes a los que habían proporcionado localizadores GPS, así como el nombre de la empresa de seguridad privada que gestionaba el servicio de localización personal. Acompañado de dos agentes uniformados, llegó hasta las mismas puertas del bufete. Sin embargo, no pudo pasar de allí de ninguna manera. Sorprendido, comprobó que la placa de la entrada que tenía el nombre de la empresa había desaparecido, y, por más que llamaron en varias ocasiones, nadie respondió a sus requerimientos. Bajaron a la conserjería del edificio y allí les dijeron que la empresa se había trasladado de domicilio aquella misma mañana. El conserje no tenía ni idea de cuál era su nueva dirección. Ni siquiera había estado presente durante la mudanza. McDonald le preguntó si podía abrirles el piso para registrarlo, exhibiendo el mandamiento del juez que le autorizaba a entrar, y poco después se encontraban en unas oficinas completamente vacías y en el que no había el menor rastro de que allí se hubiese alojado un bufete de abogados.

El inspector llamó en persona a las cuatro Inns of Court que gobernaban la abogacía profesional en Inglaterra y Gales, pidiéndoles las nuevas señas de la empresa en cuestión. MagnaLex y los asociados que la formaban se habían dado de baja el día anterior en el registro de Middle Temple. No, no podían darle los nombres de sus miembros por teléfono. McDonald sintió que su sangre empezaba a hervir y colgó, irritado. Aquel asunto olía cada vez peor.

Estaba perdiendo mucha sangre en su carrera, y, lo que era aún más grave, dejando un rastro que cualquiera podía seguir sin la menor dificultad. Llegó poco después hasta una carretera y vio en ella un cartel que anunciaba la proximidad de Loughton, lo que le hizo pensar que estaba también muy cerca de la propia Londres. Recordó que en Loughton había una estación de ferrocarril, pero no creía que lograse llegar hasta ella con tanta facilidad. Le cogerían antes, no albergaba la más mínima duda sobre ello. Su única esperanza era ocultarse en cuanto le fuese posible y confiar en que no le descubriesen.

En aquel momento pasó por el camino la que podía ser la respuesta a todas sus silenciosas plegarias. Un camión del servicio municipal de recogida de basuras bajaba despacio por la empinada cuesta. Miller no quería perder el tiempo intentando convencer al conductor para que le dejase subir, ya que estaba seguro de que sus perseguidores le iban pisando los talones, por lo que lo dejó pasar y se agarró con las manos ensangrentadas a la parte trasera del vehículo. Entonces observó que varios hombres ataviados con trajes negros venían a la carrera por el camino que llevaba a la zona residencial, el mismo que él acababa de dejar atrás. Estaban demasiado lejos para atraparle y uno de ellos le apuntó con un arma, pero un coche que apareció de repente estuvo a punto de arrollarle y evitó así que disparase. Su claxon sonó en los oídos de Miller como fanfarrias celestiales anunciando un momento glorioso. Los hombres de negro echaron a correr de vuelta hacia la urbanización, sin duda en busca de algún medio de transporte adecuado para continuar la persecución. El automóvil que le había salvado involuntariamente la vida adelantó al camión que le transportaba y se perdió carretera adelante con la velocidad de un misil.

El escritor se echó a llorar entonces, roto por la tensión, abrazándose con fuerza a los asideros e ignorando el hedor nauseabundo que brotaba de la parte trasera del camión. Por lo menos ahora tenía una oportunidad de sobrevivir.

—Ha huido, hermana —informó uno de los frati a Perenelle.

La mujer no demostró la más mínima contrariedad ante la noticia. Al contrario, sonrió.

—Lo habéis hecho bien —dijo al cabo de un momento—. Todo va según lo previsto.

—¿Detenemos la persecución?

—No, se tiene que sentir perseguido. Además, seguro que los Blancos también le están buscando y no podemos dejar que le encuentren. Hay demasiado en juego.

Solo en medio de la oscuridad que le rodeaba y completamente aterido de frío, Andrew Benson no dejaba de balbucear llamando a su esposa muerta. Ya no oía su voz. En realidad ya no oía ninguna voz dentro de su cabeza. Estaba perdido en un vacío infinito y aterrador, desprovisto de razón y de voluntad, y sabía que hasta su alma se había condenado para siempre. La serpiente le había devorado a él también y ahora se hallaba en sus entrañas monstruosas, disolviéndose lentamente entre las sombras donde se hallaba atrapado.

Por un momento, en su demencia, pensó que alguien le acompañaba en aquellas tinieblas, pero sólo había sido un sueño y nada más. Luego esa misma fantasía se había llenado de voces, carreras, e incluso disparos que le asustaron. Ahora, en cambio, todo volvía a estar en silencio, la quietud de la nada, del olvido.

La puerta de la habitación volvió a abrirse.

Al principio no reconoció a la mujer que entró, deslumbrado como estaba por la luz que penetraba a raudales en la estancia, pero al cabo de un momento supo que era Martha. Su Martha, viva de nuevo, preciosa, divina... Benson sonrió, extasiado ante la belleza angelical que desprendía su esposa. Llevaba algo en las manos, una jeringuilla cuyo picotazo apenas sintió cuando se inclinó sobre él. La mujer se acercó a su oído y le susurró.

—Busca a Miller...

Rose Turner volvió a colgar el teléfono y se quedó contemplándolo como si esperara que éste reaccionara de alguna manera. Era su enésimo intento de comunicarse con su ex marido y siempre obtenía el mismo resultado desalentador. Estaba muy preocupada por él, incluso angustiada. Se decía a sí misma que se trataba de algo natural, que había sido su primer amor, y un matrimonio, aunque éste hubiera fracasado, es una cosa que ata mucho a dos personas. No habían sido felices durante su convivencia, era cierto, pero Lewis era un buen hombre y no deseaba que le pasase nada malo.

Tampoco es que fuera muy feliz ahora, la verdad. La vida con Charles, el padre de su hijo, no era lo que se podía decir una novela rosa. Lo que en un principio le atrajo de él, que era justo lo diferente que resultaba de Lewis, en la práctica casi su antítesis, o sea un individuo jovial, divertido, intrascendente, galante hasta el embauco, había resultado ser con el tiempo una perdición, algo insoportable. Miró su reloj consultando la hora. En aquel momento Charles debía estar en el pub, ya que su jornada laboral hacía rato que terminó. Suspiró, resignada. Hacía mucho que eso había dejado de molestarle.

Cogió su bolso y rebuscó en su interior. Guardaba allí dentro una fotografía de la que siempre se había negado a desprenderse. Era de los tiempos en que Lewis y ella eran novios, hacía casi una vida entera, y en ella estaban los dos sonriendo a la cámara, con el London Eye y el Támesis como fondo. Una imagen feliz, recuerdo de unos días maravillosos. Su obsesión por los temas paranormales aún no se había desarrollado del todo y por entonces colaboraba en la sección de deportes del Daily Mail y en un programa de radio, tenía un futuro prometedor y la cabeza en su sitio. Rose se quedó mirando aquella fotografía durante un largo rato.

El teléfono comenzó a sonar. La mujer se incorporó, sobresaltada, guardó la foto a toda prisa y se dirigió hacia el aparato sin pérdida de tiempo. En la pequeña pantalla aparecía la leyenda "Número privado" que hacía imposible identificar a quien llamaba. Normalmente no solía atender ese tipo de llamadas, porque la mayoría de las veces resultaba que eran empresas de venta telefónica de las que luego resultaba muy complicado desprenderse, pero en esta ocasión sí que lo hizo.

Una voz completamente desconocida le habló desde el auricular.

—¿Señora Turner? —le preguntó sin preámbulos.

—¿Sí?

—Tengo noticias de su ex esposo...

Miller se apeó del camión de basuras que le transportaba, aprovechando que éste se detenía en un semáforo en rojo. La gente le miraba con una mezcla de curiosidad y desagrado que le molestaba. Su aspecto era deplorable, debía admitirlo: tenía la ropa rasgada y sangre por todas partes. Parecía haber sido víctima de un accidente de tráfico o algo similar. Cojeando, se acercó a un quiosco de prensa y preguntó dónde estaba la estación de ferrocarril, dejando tras de sí una estela de murmullos recelosos. Nadie se interesó por lo que pudiera haberle ocurrido, y mucho menos por ayudarle.

Diez minutos más tarde llegaba a la estación y se colaba

en las instalaciones de la London & North Eastern Railway. No llevaba documentación, ni, por supuesto, dinero para pagar el viaje, por lo que, si le detenía algún revisor de los que solían pulular por los vagones, tendría que apelar a su caridad. El recinto estaba vacío por completo, pero se sentía tan paranoico que procuró camuflarse tras una columna y esperó allí la llegada del tren.

Se encontraba tan agotado física y moralmente que los ojos se le cerraban. El tiempo parecía haberse detenido. La estación permanecía en total silencio, tan perdida y solitaria como él mismo. No podía creer que siguiese todavía con vida. Tampoco tenía ni idea de a dónde iría ahora con su recién adquirida libertad. Lejos, todo lo lejos que pudiera, se dijo. Si todo lo que había oído sobre la Hermandad Negra era cierto, no estaría a salvo en ningún lugar.

Miller se sentó en el suelo, apoyando la espalda contra la columna, y dejó escapar un largo suspiro de alivio. Todo su cuerpo era una sinfonía de puro dolor. El muslo no dejaba de sangrar y la herida del costado se le había abierto otra vez con tanto ajetreo. De varios tirones se arrancó los dobladillos del pantalón para hacerse un torniquete con el que detener la hemorragia, antes de que ésta le arrastrase a la inconsciencia y acabase desangrado en aquel andén de tren.

Oyó un ruido y se volvió, sobresaltado, para mirar hacia la entrada. Una señora mayor se sentaba en ese momento en uno de los viejos asientos de madera. Volvió a relajarse, aunque sabía que lo único que le mantenía consciente por el momento era la adrenalina. Deseaba tanto dormir... Nunca en su vida se había sentido tan mal, tan débil y exhausto.

El tren llegó un momento después, rompiendo el silencio con su chirrido metálico. Miller se incorporó despacio con sus últimas fuerzas y se acercó a las puertas abiertas que le esperaban. Aquel vagón también se encontraba vacío. El escritor entró tambaleándose y se desplomó en uno de los asientos de plástico.

Sonaba la bocina, avisando del inminente cierre de las puertas, cuando entró por ellas un individuo vestido por completo de negro. Ambos hombres se miraron y Miller supo con absoluta certeza que se trataba de un frato, uno de los hermanos negros que le perseguían. ¡Le habían encontrado! De inmediato se puso en pie de nuevo con dificultad. Las puertas se cerraron de nuevo con un chasquido y el vagón quedó sellado por completo. No tenía escapatoria. El tren empezó a moverse con desgana, saliendo a pequeños trompicones de la estación.

El hombre de negro sacó un cuchillo, que al indefenso y debilitado escritor le pareció tan grande como una cimitarra, y se fue acercando con una sonrisa diabólica en los labios. Miller comprendió que iba a morir en aquel tren, a manos de un asesino despiadado que no dudaría en arrancarle las tripas para leer en ellas los secretos que suponían que ocultaba. No pudo apartar los ojos del centelleo de aquella hoja de metal, convertido en relámpago cuando el asesino se abalanzó sobre él con un alarido. Esa atención evitó que le ensartase en esa acometida, ya que pudo esquivar en primera instancia el arma y aferrar su muñeca. Los dos cayeron al suelo, Miller debajo de su atacante, y el frato le apretó el cuello con su otra mano.

—La Krotalo esas la Voyo![8] —gritaba, salpicándole de saliva.

Dejándose llevar por el instinto, Miller intentó apartarle, usando la mano que tenía libre para agarrarle la cara, y le hundió casi sin proponérselo el pulgar en un ojo. Con un aullido, el lacayo de la Hermandad Negra retrocedió, dejando caer el cuchillo. Miller se dio cuenta y lo cogió por la empuñadura al tiempo que reculaba para alejarse. Ciego de dolor y de rabia, el asesino volvió a atacarle intentando usar las manos, pero esta vez se encontró en su camino su propio

[8.] ¡La Serpiente es el Camino!

instrumento mortal, que se le hundió hasta la empuñadura en el estómago.

La sorpresa se dibujó en su rostro sangrante con la claridad de una máscara de tragedia griega. Miró a Miller sin creerse lo que le había pasado. El escritor le empujó para quitárselo de encima y acuchilló su abdomen dos veces más, con auténtica saña. El hombre de negro quedó tendido, boqueando ruidosamente como un pez fuera del agua. Miller se levantó ayudándose de una de las barras centrales del vagón. Miró horrorizado al hombre agonizante, luego al arma que sostenía aún, y la soltó despacio dejándola resbalar entre sus dedos. El cuchillo rebotó en el suelo.

No debe pensarse que el hombre es el más antiguo o el último de los dueños de la Tierra, ni que semejante combinación de cuerpo y alma se pasea sola por el universo. Los Ancianos eran, los Ancianos son y los Ancianos serán. No en los espacios que conocemos, sino entre ellos.
(Fragmento del Necronomicón; "El horror de Dunwich", H.P. Lovecraft)

Capítulo Catorce

—Cuando le conocí, aquella alucinación que tuve... ¿Qué era?

Abberline conducía despacio por Haverstock Hill, inseguro de sus reflejos a causa del cansancio. Estaba atardeciendo sobre la capital británica y, a su lado, aquel personaje enigmático que se hacía llamar Nicholas Farmer, pero que reconocía que ése no era su verdadero nombre, parecía sumido en profundas y oscuras reflexiones. No podía imaginar lo que estaría elucubrando su mente paranoica con lo poco que sabía sobre él, pero se propuso remediar eso de inmediato.

—¿Cómo? —pareció salir de un trance el anticuario cuando le habló—. Perdone, estaba en otra parte...

—La "visión" que tuve la primera vez que nos vimos —repitió el psiquiatra—. ¿Qué se supone que significaba?

—Era el pasado. Su pasado. Imágenes de otra vida.

—¿Se refiere a una reencarnación anterior? —se volvió a mostrar escéptico.

—Ya sé que no cree en ello, y yo tampoco tengo una

explicación científica que pueda satisfacerle —respondió el anciano con gesto cansado, desarmándole todos los esquemas con su racionalidad—, así que no le voy a tratar de convencer. Pero vio lo que vio. Sí, yo estaba allí. Ése fue en realidad el día que nos conocimos. Exactamente el 13 de mayo de 1632. Lo recuerdo a la perfección. Un barco de la Cofradía de los Hermanos de la Costa atacó un navío inglés en el que íbamos los dos, yo como pasajero rumbo a las Américas con el propósito de alejarme de la Frati Nigra, sin saber, por supuesto, que ya habían llegado hasta allí algún tiempo antes. Aquel día sobreviví de milagro, en parte porque no me reconocieron. Por entonces su influencia en aquella parte del mundo era muy pequeña y los hombres que reclutaban para su causa no conocían todos los secretos de la orden. De haber sabido quién era yo las cosas hoy serían muy diferentes.

—Entonces usted recuerda sus reencarnaciones...

—No exactamente —respondió Farmer, sin dar más explicaciones.

—¿Lo que vi fue mi muerte? —preguntó Abberline, rememorando la alucinación que tuvo—. ¿Me mataron ellos?

—Sí, aunque ya le digo que no eran auténticos frati, no del todo, sólo piratas atraídos por su mensaje libertario. Pasaron por los cuchillos a la mitad de la tripulación y parte del pasaje, y pidieron rescate por los que sobrevivimos a su abordaje. Sólo buscaban dinero. Sin embargo, aquel acto salvaje propició que hoy estemos aquí juntos. Ese día nuestros destinos quedaron unidos, y ellos fueron los responsables en gran medida.

Abberline le seguía el juego, buscando ganarse su simpatía.

—Una ironía, ¿no?

—Dios a veces tiene un extraño sentido del humor, sí —admitió Farmer.

Así que interpretaba sus delirios como voluntad divina. Abberline comenzaba a entender su lógica: vidas pasadas que le

168

preparaban como salvador de la humanidad ante el cercano apocalipsis, una conjura de siglos perpetrada por una secta demoníaca, y un libro sagrado como centro de su locura. Tal vez la sangre que había en la casa de los padres de Miller era la del propio escritor después de todo.

—No, no soy yo.

Abberline apartó un momento la vista de la conducción para volverse hacia el anciano.

—¿Qué?

—El asesino que busca. No soy yo. Tampoco es Lewis Miller, que acaba de salvarse por los pelos de morir y en este momento viaja en un tren hacia donde nos dirigimos. Pero debemos darnos prisa, porque el peligro para él aún no ha terminado.

Con los ojos de nuevo al frente, el psiquiatra permaneció callado. No sabía cómo había adivinado Farmer lo que pensaba pero, por si acaso, procuró mantener la mente en blanco.

Miller bajó del tren donde había matado al frato en la estación de Debden, que por fortuna tampoco estaba muy concurrida, y se encaminó todo lo rápido que pudo hacia la salida, sin mirar en ningún momento atrás. Temía encontrarse con más esbirros de la Frati Nigra dispuestos a asesinarle, pero todo parecía muy tranquilo. No tardarían tampoco mucho en encontrar el cadáver que había dejado atrás, así que era mejor darse prisa y abandonar aquel lugar cuanto antes, porque cuando lo descubriesen toda la zona se convertiría en una trampa para él.

Ya en la calle, cuando salió de nuevo al aire libre, se encontró con una sorpresa que no esperaba aguardándole ante las mismas puertas de la estación.

—¡Lewis! —gritó alguien.

Una mujer le abrazó de repente. Sobresaltado, el escritor

la rechazó en su primera reacción, creyendo que estaba siendo atacado una vez más, sin embargo enseguida comprendió su error y reconoció a su ex esposa, que le miraba emocionada y preocupada.

—¿Rose? —se sorprendió—. ¿Qué haces aquí?

—¿Te encuentras bien? —le preguntó ésta a su vez, acariciándole la herida que tenía en el rostro—. ¡Estás herido! ¿Qué te han hecho? ¡Estaba tan preocupada! ¡Me dijeron que estabas en peligro!

Miller vio que un hombre les estaba mirando a los dos desde sólo un par de metros y se puso en tensión. No le conocía. Era un individuo alto y fornido, ataviado con ropas claras e impolutas, como un testigo de Jehová. Parecía un actor de cine, con sus rasgos perfectos y sus cabellos rubios. Sonreía como si estuviese contemplando algo muy divertido. Miller temió encontrarse ante otra encerrona, y con su ex esposa como rehén.

—Tenemos que marcharnos, señora Turner —dijo aquel sujeto, y Rose asintió tras volverse hacia él.

—¿Quién es, Rose? —preguntó el escritor, retrocediendo de forma instintiva.

—Me ha traído hasta aquí —contestó la mujer—. Quieren ayudarte, Lewis...

Miller notó que la garra del miedo volvía a estrujarle las entrañas con fuerza. Cogió a Rose del brazo y tiró de ella para alejarla de aquel hombre de sonrisa perenne y engañosa. Echó de menos haber abandonado el cuchillo del frato para tener algo con lo que defenderse.

—¡Váyase! —gritó—. ¡Déjenos en paz!

—Creo que se equivoca, señor Miller... —intentó explicarle aquel individuo.

Rose se soltó, con el brazo dolorido por la presión que estaba ejerciendo en él su ex marido.

—Escúchale, Lewis —le pidió—. Está aquí para ponerte a

salvo.

—Sabemos cuál es su situación, señor Miller, y mi misión es llevarle a un lugar seguro —explicó el extraño personaje, sin abandonar en ningún momento su sempiterna sonrisa, como si todo aquello le resultase jocoso—. La Hermandad Negra no podrá encontrarle allí, se lo aseguro.

La sola mención de la secta satánica aún aumentó más su terror.

—¿Cómo puedo confiar en usted? —casi chilló el escritor—. ¿Cómo sé que no es uno de ellos?

—No puede saberlo, por eso tengo que pedirle que confíe. Represento a un pequeño grupo de personas que se opone a los planes de la Hermandad Negra desde hace miles de años. Nosotros le protegeremos.

El hombre rubio le miraba a los ojos. Miller se sintió cansado, derrotado. No tenía más fuerzas para seguir luchando.

—Hazle caso, Lewis —le suplicó Rose.

Miller se sumergió en sus ojos húmedos, y estaba a punto de acceder cuando una voz le llamó.

—¡Lewis! ¡No!

Cuando Farmer descubrió a Lewis Miller hablando con aquellas dos personas, saltó del coche y se puso a correr con una agilidad que Abberline nunca hubiera imaginado en un hombre de su edad. Maldiciendo, el médico frenó en seco, puso las luces de avería en marcha y tuvo que emplearse a fondo para no quedar rezagado, sorteando a varios coches cuando se lanzó a la calzada para atravesar la calle en pos de aquel chiflado.

El hombre que conversaba con Miller se giró hacia ellos cuando el anticuario gritó llamando al escritor. Abberline advirtió la repentina urgencia latente en su voz. Oyó que decía:

—¡Sariel, no! ¡Es él! ¡Es el maestro!

Entonces aquel individuo dejó de sonreír. No supo por qué, pero al psiquiatra aquello le pareció muy, muy mala señal.

Abberline tuvo que parar de correr, como si de pronto se hubiese encontrado con un muro delante de él. Le pareció que una lanza invisible le atravesaba el cráneo, que un viento furioso azotaba su misma alma, viniendo en oleadas desde los ojos de aquel sujeto. Sintió que su cerebro era despedazado por una fuerza demoledora y le fallaron las piernas. Distinguió a duras penas, entre las brumas del dolor, que Farmer seguía avanzando muy despacio y encogido, igual que lo haría un hombre que luchase contra un potente vendaval. Los viandantes los miraban como si asistiesen a una obra de teatro representada en plena calle. También vio que Miller aprovechaba la distracción para escapar en un taxi llevándose consigo a su ex mujer y, por increíble que a él mismo le pareciera, se sintió más aliviado que si fuese él quien marchara.

El tal Sariel se dio cuenta de que Miller se escabullía y el médico escuchó un rugido furioso dentro de su cabeza. Entonces el dolor remitió de golpe y Abberline quedó de rodillas en el suelo, respirando de modo entrecortado. Cerró los ojos e intentó recuperarse. Su cuerpo no quería obedecer, como una marioneta a la que le hubiesen cortado los hilos. Le entraron ganas de vomitar y se centró en contenerlas como pudo.

Farmer le ayudó a levantarse al cabo de unos minutos. Estaba en mucho mejor estado que él. El hombre rubio de la sonrisa siniestra se había marchado y no quedaba rastro de él.

—¿Qué era...? —jadeó, sin fuerzas apenas para hablar—. ¿Qué era eso?

—La Hermandad Blanca —respondió el anciano, como si aquello tuviese que significar algo para él—. Han descubierto a Miller, como me temía. Ahora le persiguen los dos bandos. Estamos dentro de una guerra que dura milenios, y ese pobre hombre se ha convertido en el objetivo primordial de ambas facciones.

—¿Hermandad Blanca...? —El psiquiatra recordó haber leído algo al respecto, pero ahora mismo no sabía dónde, y no se hallaba en condiciones como para hacer esfuerzos intelectuales—. ¿Quienes son?

—Si quiere un nombre que le resulte más familiar, hubo un tiempo en que se hicieron llamar templarios, en honor del templo donde se custodiaban los secretos de los Antiguos —respondió Farmer—. Tienen por misión preservar todo lo que éstos dejaron detrás cuando se marcharon, hasta el día en que la Humanidad esté preparada para conocer su existencia. Pueden llegar a ser incluso más despiadados que sus enemigos con tal de conseguir su cometido. Y no dudarán en matar a Lewis cuando le encuentren, si con eso creen que el Libro seguirá oculto.

Abberline escuchaba sin poder dar crédito a todo lo que oía.

—¡Dios mío! ¿En qué clase de locura me ha metido?

Farmer le instó a caminar, sujetándole para que no se cayese.

—Ya se lo he dicho: en una guerra. De proporciones como no puede llegar a imaginarse. Una guerra en la sombra, que se lleva a cabo de manera sutil e inadvertida. Una partida de ajedrez entre hombres tan poderosos que da miedo sólo pensarlo.

—¿Y cómo...? ¿Cómo ha hecho...?

—Dominan artes que desafían toda lógica.

—Parece conocerlos muy bien... —opinó el médico.

—Por supuesto. Yo fui uno de ellos.

A medida que el taxi se alejaba más y más de la estación, Miller sintió crecer el mortificante aguijonazo de la culpa en su interior. Había abandonado a Farmer allí, dejándole en poder de aquellos criminales, igual que hiciera con Perenelle cuando supuestamente la mataron. Pero sabía que el anciano se las ingeniaría para salir indemne, como sin duda siempre había sabido hacer desde hacía siglos. Pues ya no le cabían dudas sobre la naturaleza sobrenatural de todo cuanto estaba viviendo. Y, de todos modos, su principal urgencia ahora era poner a salvo a Rose, que se había visto involucrada en aquella locura por el solo hecho de formar parte de su vida y ahora no paraba de llorar. Algo le decía, sin embargo, que correría más peligro si él estaba cerca y que lo mejor para ella era que se distanciara lo más posible de su propio camino. Comprobó de forma obsesiva que nadie le seguía y deseó no equivocarse por el bien de ella. Intentó tranquilizarla y le dio instrucciones para que cogiese a su hijo y se marchase a casa de sus padres; o a donde fuera, pero que desapareciese durante una temporada; debía convencer a su marido de que un cambio de aires les sentaría bien, o sino irse sola con el niño. Lo importante era abandonar Londres cuanto antes. Él les proporcionaría el dinero que hiciese falta. Le dijo también que no se preocupase por él, que tenía unas cosas que hacer y luego se pondría en contacto. La dejó en su apartamento y tuvo que hacer de tripas corazón para marcharse pues ella de nuevo se puso a llorar como si pensase que nunca más le volvería a ver.

Cuando llegó a su casa de Eshen, pidió al taxista que esperase en la puerta, entró rompiendo el precinto policial, cogió el dinero y las libretas bancarias que guardaba en la caja fuerte, el pasaporte, la copia de las llaves de su coche y todo lo que tenía relacionado con el libro en el que trabajaba, y regresó al taxi de nuevo. El conductor se volvió hacia él para preguntarle a dónde quería que los llevase ahora. Miller se fijó en la sangre que iba dejando por todas partes. Por fortuna aquel hombre parecía no haberse dado cuenta de que estaba herido, o no le importaba, pero le estaba dejando perdido el asiento. Se preguntó si de alguna manera Farmer le estaba ayudando en eso para que no tuviese problemas en su huida. Sabía que aquel hombre, aparte de su vitalidad paranormal, tenía extraordinarias habilidades psíquicas que muy bien podrían estar sugestionando a distancia al taxista.

—A Northfleet —respondió.

Allí era donde había abandonado su vehículo días antes y lo necesitaría para el largo viaje que le aguardaba.

Uno de los hombres de su equipo se acercó a la mesa en la que el inspector McDonald revisaba un montón de expedientes atrasados. Estaba de un humor de perros desde lo sucedido con MagnaLex, y tenía el presentimiento de que los nombres que esperaban de las Inns of Court serían sólo tapaderas que tampoco les llevarían a ningún sitio, lo que no contribuía a mejorar su ánimo. Así que el agente se aproximó con cautela, ignorando cómo reaccionaría ante las noticias que le traía.

—Señor —procedió a contarle—, la Unidad de Cheque y Plástico ha informado de la compra de un billete de avión a nombre del inspector Benson.

McDonald pestañeó, sorprendido.

—¿Un billete de avión? ¿Con qué destino?

—Damasco —contestó el subalterno, con cara de circunstancias.

—¿Damasco? —McDonald iba de sorpresa en sorpresa—. Eso está en un país árabe, ¿verdad?

—Sí, señor: Siria.

—Siria... ¿Y para qué demonios va Benson a Siria?

El otro policía no respondió, ya que evidentemente no tenía, como él mismo, ni la más mínima idea. El inspector bufó, sin comprender nada.

—Averigua el horario de ese vuelo —le ordenó.

McDonald sabía que no podrían impedir de ningún modo

que Benson hiciera aquel viaje, puesto que, a pesar de su estado mental, no tendrían tiempo material de conseguir que un juez le declarase incapacitado para tomar decisiones de esa índole. Se maldijo por no haber sido más previsor con esa posibilidad. Escaparse de un hospital no era motivo suficiente para retenerle, y como mucho, estando de baja laboral, daría lugar a una sanción administrativa de la Seguridad Social, pero ése era un tema que no les competía a ellos.

Benson sabía algo importante, ahora estaba seguro, pero tampoco podía demostrarlo.

Era ya de noche cuando Lewis Miller detuvo su vehículo en un área de servicio de la M20 que abría las veinticuatro horas, cerca ya de Folkstone. La herida de la pierna había dejado de sangrarle, pero a pesar de eso había manchado bastante el tapizado del asiento. Entró en el restaurante, se aseó un poco en los servicios para no parecer que acababa de llegar de una guerra, y cenó un plato combinado sin ningún apetito, obligándose casi a comer para reponer fuerzas; luego regresó al automóvil y se acostó como pudo en el asiento trasero. A pesar de lo agotado que estaba, tanto que apenas podía pensar con claridad, durmió a intervalos, asediado por espantosas visiones de sombras con ojos brillantes que le perseguían y abrían en canal como a una res.

A la mañana siguiente, desayunó en el mismo sitio y continuó su viaje, ya sin interrupciones, hacia la terminal del Eurotúnel, donde dejó el coche y no tuvo problemas para pasar el control fronterizo, como ya sabía por otras ocasiones en que había visitado el continente siguiendo el mismo procedimiento. Una vez fuera del país, sintió un alivio indescriptible, como si le hubiesen quitado una pesada losa de encima. No creía que todavía hubiera una orden internacional de busca y captura contra él, y tampoco pensaba que la Hermandad imaginase hacia dónde se dirigía. Entusiasmado sólo con la idea de seguir vivo, el cansancio le venció en el vagón del Eurostar que ocupaba y tuvo que despertarle en Calais un empleado del ferrocarril.

—¿A Damasco? —se sorprendió Abberline durante el desayuno; había invitado a Farmer a pasar la noche en su casa, a pesar de la reticencia inicial de su esposa, que casi derivó en discusión, y éste le acababa de anunciar hacia dónde tendrían que dirigirse para encontrar a Miller—. ¿Está loco? No, olvide eso: claro que está loco.

—Lewis se dirige hacia allí —respondió el anciano—, y le estarán esperando...

—¿Los de la Hermandad Negra? ¿O quizá los de la Blanca? —se burló el psiquiatra—. Mire, admito que lo que pasó ayer fue muy extraño, pero no puede pretender que crea en todo eso... Y aún menos que vaya a embarcarme en una aventura como la que está insinuando sólo basándose en una suposición.

—No crea entonces —suspiró el anciano—. Pero por lo menos lléveme al aeropuerto para que yo sí pueda ayudarle.

Abberline miró a aquel hombre viejo y de apariencia frágil que tenía delante y soltó un bufido.

—¡Maldita sea! Tendré que llamar a la Universidad... ¿Y qué se supone que hay en Damasco para que Miller vaya allí?

—Lo que buscan todos: el Libro.

En un lugar secreto de Menfis, en el mismísimo corazón de Egipto, un grupo de hombres ataviados con trajes negros se reunían en aquel preciso instante en una asamblea urgente convocada por la Kunfrataro di la Krotalo Kornoza, la cofradía de la Frati Nigra afincada en Cerdeña. Había allí ilustres representantes de todas las kunfratari del mundo entero: la Lux Divina, de Hammamet, la Frati di la Obskureso, de Londres, la Frati di Anubis, de la propia Menfis... Todos congregados alrededor de una mesa de caoba larguísima, comunicándose entre ellos en lengua ido, aquella variedad del esperanto que usaban para entenderse.

Por fin, el Mastro de la Kunfrataro di la Krotalo Kornoza, que presidía el acto, inició la sesión diciendo:

—Hermanos, siervos todos del Señor Oscuro, tenemos que anunciaros nuevas muy importantes, vitales para nuestra causa. El tiempo de la redención se acerca. Nuestra espera de siglos llegará pronto a su fin. El camino ha sido largo y lleno de obstáculos, pero ya podemos ver las puertas de nuestro destino. Y hemos encontrado la llave que las abrirá.

Se elevaron murmullos excitados entre los asistentes.

—¿Tenemos el Libro? —preguntó un miembro de la Cofradía de Anubis, haciendo suyas las esperanzas de todos los presentes.

—Todavía no, pero estamos a punto de conseguirlo, gracias a nuestros hermanos de Londres, que han descubierto al huidizo Flamel, y al que pretendía convertir en su heredero. Este último se dirige ahora mismo hacia el lugar donde deben hallarse los Secretos del Ángel Raziel. No tardará en entregárnoslos.

—¿Y podemos estar seguros de ello? Muchas veces a lo largo de la Historia hemos creído que lo teníamos al alcance y al final hemos fracasado de un modo estrepitoso.

—Esta vez no —aseguró convencido el Mastro—. Estamos completamente seguros.

Después de todo un día viajando en tren, Lewis Miller llegó por fin a Marsella, en la Provenza francesa, ciudad que conocía por haber asistido a dos conferencias sobre el catarismo durante su documentación para el libro de los templarios que escribió años antes. Bajó en la estación Saint Charles y allí cogió un autobús que le llevó por la N-113 y luego la D-20 hasta el aeropuerto de Marseille-Provence, en Marignane. Una vez allí se dirigió a las terminales de vuelo, donde se hizo entender con sus rudimentarios conocimientos del idioma galo y algo de inglés y le informaron de todas las salidas previstas a Damasco. Había un vuelo directo con la compañía Syrian Arab Airlines, pero debería esperar varios días para poder cogerlo, así que eligió otro de Air France, con escala en el Aeropuerto Charles De Gaulle de París, que partía al día siguiente, por lo que todas las millas que había hecho de más intentando evitar la capital -donde había muchas probabilidades de que la Frati Nigra tuviera presencia- no le sirvieron de nada.

Aprovechó para comprarse ropa en una tienda "duty free" y se cambió en los lavabos. Tiró la ropa vieja en un cubo de basura que encontró allí mismo. Se sintió un hombre nuevo con su recién estrenada indumentaria, a pesar de toda la incertidumbre que le acompañaba sobre su futuro cercano. Después se encaminó al hotel de la cadena "Sofitel" que había dentro del mismo aeropuerto, cogió una habitación y se pasó el resto del día durmiendo.

Será Satanás soltado de su prisión, y saldrá a extraviar a las naciones que moran en los cuatro ángulos de la tierra, a Gog y a Magog, y reunirlos para la guerra, cuyo ejército será como las arenas del mar.
(Apocalipsis, 21:7-8)

Capítulo Quince

Desde las ventanillas del Airbus A320 en el que viajaba, comenzaban a vislumbrarse los trazados de la ciudad de Damasco a través de las nubes, un retazo brillante en el árido paisaje sirio. Miller consultó una vez más el grueso fajo de notas que llevaba consigo, mientras los altavoces desgranaban las instrucciones para el aterrizaje en varios idiomas, entre ellos el inglés, y una azafata morena hacía los gestos pertinentes siguiendo la normativa internacional. El escritor llevaba más de nueve horas de viaje a sus espaldas desde que abandonó Marsella, pero sabía que aquello era sólo el principio y aún le quedaba muchísimo por recorrer. Había recordado que, mientras escribía el libro sobre el Temple, consultó ciertas declaraciones arrancadas mediante tortura a algunos caballeros templarios durante el proceso inquisitorial contra ellos, entre éstas las de Étienne de Troyes, en que identificaba al supuesto ídolo Baphomet, que según el rey Felipe IV de Francia era un demonio al que adoraban, como una cabeza barbuda. Algunos estudiosos del tema creían que esta cabeza podía ser la de San Juan Bautista, que las leyendas aseguraban se encontraba actualmente en la ciudad de Damasco. No era mucho, pero por algún sitio tenía que empezar, y aquél era tan bueno como cualquier otro. Además, la capital siria parecía ser el foco central en el que se había originado todo. Allí comenzaría su búsqueda.

El avión tomó tierra y poco después se hallaba pasando los controles de seguridad del aeropuerto, entre éstos el hocico de un pastor alemán que se le quedó mirando con fijeza, como intuyendo algo extraño, pero permaneció tranquilo junto al policía que lo sujetaba. Un funcionario con bigote a lo Saddam Hussein le preguntó en francés por los motivos de su viaje, a lo que respondió "tourisme", y le estampó un sello en su pasaporte. ¿Y ahora qué?, se preguntó. Estaba en un país árabe famoso por su vinculación al terrorismo internacional, en un momento histórico de tensión insoportable en el mundo islámico contra Israel y en general contra todo Occidente, y no tenía ningún plan preconcebido, sólo intuiciones que no sabía a dónde le conducirían. Ya en el exterior, cogió un taxi para que le llevase a la ciudad.

—Lléveme a un hotel —pidió al taxista, confiando en que entendiese el inglés.

—¿Alguno en particular? —le preguntó éste, para su alivio.

—Uno que sea barato.

—Okay.

Durante el trayecto, Miller siguió repasando sus notas, seguro de que entre ellas podría encontrar algo importante que se le hubiera pasado por alto. Lovecraft había situado en aquella ciudad sagrada, la capital más antigua del mundo y joya esplendorosa del Medio Oriente, el origen del *Necronomicón*. Ahora estaba seguro de que no había sido mera casualidad. La historia la había convertido en centro obligado de paso para todas las culturas que habían surgido en aquella área geográfica durante más de seis mil años: sumerios, acadios, eblaitas, cananeos, hurritas, asirios, egipcios, hititas, arameos, caldeos,

palmirianos, persas, griegos, nabateos, romanos, bizantinos...
Todos esos pueblos habían dejado su impronta en aquel suelo
milenario, y Damasco los había visto pasar orgullosa y altiva. Ni
siquiera las Cruzadas lograron doblegarla, así como tampoco la
dominación francesa.

Hacía un calor asfixiante. Acostumbrado a la bonanza
mediterránea, era como estar dentro de un horno cociéndose
lentamente, y el vehículo que le transportaba carecía de aire
acondicionado. El sudor se evaporaba al instante, por lo que ni
siquiera eso podía refrescarle. Se fijó en las calles abigarradas y
populosas, en las numerosas mezquitas que se alzaban al sol ya
declinante, preguntándose qué oscuros secretos ocultaban al
resto de la Humanidad, y si él sería capaz de desvelarlos.

El taxi le dejó en el hotel Najmet Ash-Sharq, muy cerca
de la Place Des Martyrs, y allí pudo conseguir una habitación
barata para pasar la noche. El día siguiente sería largo y debía
descansar.

En Londres, Robert McDonald, ya con la lista completa de los
propietarios de MagnaLex y los correspondientes mandamientos
judiciales de registro en su poder, procedió a visitar uno a uno a
aquellos hombres esquivos, acompañado por dos coches-
patrulla, sólo para encontrarse con viviendas abandonadas que
parecían no haber sido nunca habitadas. Como temía, todos
ellos habían desaparecido. Ninguno tenía antecedentes. Todos
eran ciudadanos respetables, abogados de reputación intachable
y contribuyentes ejemplares, de historiales tan impolutos que
incluso resultaban sospechosos precisamente por eso. Sin
embargo, no quedaba ni rastro de ellos. Se habían marchado
con todas sus pertenencias a cuestas, de la noche a la mañana, y
sin dejar la más mínima indicación de dónde se les podría
encontrar.

Una de aquellas viviendas que visitaron resultó ser una mansión situada en una urbanización cerca de Loughton, propiedad del presidente de la firma. Fue la única que no encontraron completamente vacía, y en ella descubrieron rastros recientes de sangre en algunos puntos, así como señales de violencia e impactos de balas. Sólo una hora más tarde, el lugar estaba ocupado por un ejército de investigadores analizando cada detalle.

McDonald, sin embargo, estaba convencido de que aquel asunto se había acabado y nunca llegarían a saber la verdad.

Lewis Miller contempló el exterior de la Gran Mezquita con una mezcla indefinible de sensaciones. Construida en los inicios del siglo VIII por el califa omeya Al-Walid ben Abdulmalek sobre los restos de una basílica bizantina que anteriormente había sido templo consagrado a Júpiter, estaba considerada uno de los centros religiosos más importantes del Islam, tras las de Al-Haram en La Meca y Al-Aksa en Jerusalén. Miller observó sus tres minaretes y la gran cúpula central resplandeciendo bajo la luz de la mañana, la complicada lacería de sus muros y los epígrafes del Corán que lo adornaban todo. Había oído decir que la mezquita de Córdoba era una reproducción de ésta, copia nostálgica levantada por el único superviviente de la dinastía tras la revuelta hashimí en Siria, Abd Al-Rahman, cuando llegó al poder en Al-Andalus. Nunca había estado en Córdoba, pero se prometió que, si sobrevivía a esto, haría todo lo posible por averiguarlo en persona ahora que tenía elementos de juicio para poder comparar. De momento sí podía asegurar que aquélla era una maravilla arquitectónica.

Por dentro era, si cabía, aún más bonita, como encontrarse en un cuento de Scheherazade en Las mil y una noches. Los altísimos techos estaban sujetos por innumerables columnas de mármol con capiteles corintios unidos entre sí a través de arcos. El suelo se hallaba totalmente cubierto de alfombras que formaban un collage de impresionante colorido. Descalzo como manda la tradición musulmana, caminó sobre ellas dirigiéndose al altar que dominaba la enorme sala principal. Allí, según las leyendas islámicas, reposaba la cabeza del profeta Yahya, San Juan Bautista para los cristianos, decapitado por orden de Herodes Antipas siguiendo los deseos de su hijastra Salomé. El paso de los siglos había dotado a aquella cabeza y a la bandeja de plata en que fue depositada de una aureola mágica que perduraba hasta nuestros días.

Éste es el libro de la canción de la cabeza de Juan... Eso ponía en el prólogo del *Libro de Raziel*.

Miller se detuvo ante el mausoleo de mármol iluminado con luces verdes. En su interior había un extraño sarcófago totalmente adornado con versículos del Corán, que se podía ver a través de los cristales enrejados. Râs Yahya, Razayya, R'zyal... Se preguntó si de verdad habría una conexión entre esos nombres o si sólo él creía verla, y si lo que de verdad contenía aquel sarcófago no serían unas tablillas de zafiro llenas de apretados símbolos de un idioma desconocido. La concordancia de fechas era, como poco, sorprendente: aquella mezquita había sido construida en la misma época en que, según Howard Phillips Lovecraft, fue escrito el Necronomicón en la capital del califato omeya. Su autor, el poeta yemení Abdul Al-Hazred, habría atravesado el desierto de Rub al Khali y encontrado la fabulosa Iram, la Ciudad de los Pilares nombrada en la sura 89 del Corán, también conocida como Ubar, que los arqueólogos habían creído hallar recientemente; Lovecraft también nombraba un lugar llamado Kadath, que en realidad nunca había existido, pero cuyo nombre se parecía demasiado al del dios amorreo Hadad, llamado igualmente Dagon, cuyo principal centro de culto estaba en Ugarit. ¿Y si Al-Hazred, o ar-Rahib ibn Ad, había llegado de las ruinas de Ugarit con las tablas y las había escondido en la mezquita durante su construcción? ¿Qué mejor lugar que la sagrada tumba del profeta para garantizar el secreto?

—Ya no está aquí —dijo súbitamente una voz a sus espaldas, arrancándole de sus reflexiones.

Miller se volvió con brusquedad. No le sorprendió ver a Nicholas Farmer. Últimamente nada conseguía sorprenderle. A su lado estaba el doctor Abberline, que en cambio sí le miraba a él con incredulidad.

—¿Dónde está entonces? —preguntó.

—Lo llevé a un lugar seguro hace mucho tiempo.

—Debo encontrarlo...

—Lo sé —asintió el anciano—. Él te está esperando también.

—¿Para qué? —casi se derrumbó el escritor, angustiado—. ¿Qué quiere de mí?

—Eso ni yo mismo lo sé... Ven, te llevaré junto a él.

Agradecido, Miller sonrió nerviosamente, echó un último vistazo al sepulcro de Juan el Bautista y acompañó a los dos hombres. El alivio que sentía no podía ser explicado con palabras. Rodeados por el silencio del templo, caminaron hacia la salida, cada uno absorto en sus propios pensamientos.

—He visto a Perenelle —se vio obligado a explicar el escritor—. Se ha convertido en una frato.

Farmer apretó las mandíbulas, pero no se detuvo.

—Lo sospechaba —reconoció con tristeza—. Tomó su decisión, como yo tomé la mía hace siglos. Una eternidad de lucha y sacrificio puede llevar a la desesperación a cualquiera. No la culpo. En realidad, toda la culpa es mía.

—¿De verdad es usted Nicolas Flamel?

—Ése fue el nombre que me pusieron al nacer, sí.

—Entonces es cierto: encontró la inmortalidad —exclamó Miller, súbitamente entusiasmado—. ¿Cómo...?

—La inmortalidad me encontró a mí —le corrigió el

anciano—. El Libro necesitaba un custodio y me eligió a mí. Sólo he sido un instrumento del destino, como en su momento lo fueron Utnapishtim[9] y Enoc. Todos hemos servido al Libro para sus propósitos.

—¿Y cuáles son esos propósitos...? —quiso saber Miller, queriendo entender, necesitándolo con toda su alma.

—No falta mucho para que lo averigüemos. Quizás sea hoy mismo.

Mientras recorrían las inmensas naves flanqueadas de columnas de la mezquita, Andrew Abberline no dejaba de mirar aturdido a sus dos compañeros. La conversación que tenían ambos se le antojaba surrealista y por completo absurda, pero ambos parecían totalmente convencidos de sus palabras, por lo que no osó intervenir. En los últimos días, la razón que siempre había gobernado su vida se estaba deshaciendo como el papel mojado. Se dijo que había estudios que avalaban el contagio de la locura, aunque no era algo aceptado por la comunidad médica en general, sino tan sólo el intento de la ciencia de constatar su interés por los actos irracionales colectivos. Sin embargo, toda la historia de la Humanidad estaba llena de pruebas que de un modo u otro lo demostraban, y quizás ahora mismo estaba presenciando otra de ellas.

Estaba pensando en todo eso cuando vio a alguien conocido acercándose directamente hacia ellos por el suelo alfombrado de aquel lugar de oración.

¿El inspector Benson? ¿Cómo era posible?

—¡¡¡Miller!!! —gritó el policía tan pronto como le reconoció, enarbolando al instante una pistola mientras echaba a correr a su encuentro.

[9]. Personaje del "Poema de Gilgamesh" babilónico, similar a Noé.

Los tres hombres se detuvieron. La voz del inspector arrancó ecos que parecieron provenir de todas partes. Los fieles que deambulaban por la mezquita prorrumpieron en gritos alarmados y coléricos a un tiempo, contemplando a aquel sacrílego que, arma en mano, violaba la santidad del lugar.

—¡¡¡MILLER!!! —aullaba Benson como un lunático, con los ojos desorbitados y la cara desencajada, la imagen misma de la ira enloquecida.

Abberline se disponía a lanzarse al suelo para protegerse, en el mismo momento que descubrió a otra figura familiar surgiendo de entre las columnas: el hombre llamado Sariel, que para su desgracia conociera días antes. Miraba fijamente a Benson y, al hacerlo, éste se tambaleó en mitad de su maníaca carrera y cayó retorciéndose de dolor. El psiquiatra imaginó, por propia y amarga experiencia, lo que debía estar padeciendo su compatriota en aquel momento. Tampoco el hombre rubio parecía estar pasándolo demasiado bien por su aspecto. Algo que había tocado en el interior de la mente del policía rechazaba su ataque con violencia, respondiendo al parecer con sus mismas armas. Sariel se llevó las manos a la cabeza y lanzó un grito angustioso.

—¡Vámonos de aquí! —dijo Farmer, reaccionando con prontitud en medio de la confusión.

Miller y Abberline obedecieron y salieron corriendo tras él, pasando al otro lado de las columnas para evitar el contacto con los dos hombres, que seguían luchando a un nivel que ninguno de ellos podía entender. Oyeron sus gritos y las voces de los fieles que se arremolinaban alrededor de ellos increpándoles furiosos. El psiquiatra miró hacia atrás y dudó por un momento, temiendo que hubiese allí mismo un linchamiento. No entendía nada.

Tras abandonar la Gran Mezquita Omeya, todavía creyó seguir oyendo los ecos de la batalla que sostenían Benson y Sariel, pero sólo estaban dentro de su cabeza. Jadeante, montó en un taxi color mostaza junto a sus circunstanciales compañeros de aventura. Mientras intentaba tranquilizarse, se repitió a sí mismo de modo obsesivo que no había la menor evidencia científica de que la transmisión del pensamiento humano fuera posible, que el cerebro no podía generar la suficiente energía como para lograrlo, por lo que lo que acababa de ver, y lo que sintió días antes, debía tener otra explicación mucho más razonable, aunque ahora mismo se le escapase.

—¿Qué demonios pasa aquí? —preguntó a Miller—. ¿Por qué el inspector Benson quiere matarle?

El escritor parecía tan desorientado como él mismo.

—No lo sé...

—Creo que le han lavado el cerebro —opinó Farmer tras dar las pertinentes instrucciones al taxista—. Lo siento, estaba distraído y no le presentí. Debería haberlo hecho. Con los frati no puedo, pero el inspector no es un frato. Es... otra cosa.

—¿A dónde vamos? —preguntó Miller, interrumpiéndole.

—A Ras-Shamra.

Miller asintió, comprendiendo.

—Tengo unos papeles en el hotel donde me alojo que me gustaría recuperar.

—¿Dónde es?

Miller se lo dijo y Farmer lo comunicó de inmediato al chófer. Abberline intervino entonces, dispuesto a acabar con aquella situación cuanto antes.

—Si no les importa, creo que yo no voy a ir a ese lugar que dicen. Con una pistola apuntándome he tenido suficiente y no quiero volver a pasar por ello. Ya ha encontrado a su hombre, Farmer, así que yo me voy a mi casa.

El anciano le miró, preocupado.

—No puede irse ahora. Debemos ser tres en este viaje. Es esencial.

—No estoy dispuesto a que me maten... —se negó el psiquiatra.

—Créame, doctor, usted no va a morir aquí —sonrió con algo parecido a la tristeza—. Se lo aseguro.

Robert McDonald llegó a la Central y se encontró sobre su mesa una nota diciéndole que había recibido una llamada de la señora Abberline. El inspector se quedó mirando con expresión estúpida aquel pedazo de papel, sin creerse su contenido. Decía que su marido se había marchado a Siria acompañando a un hombre llamado Nicholas Farmer y que estaba muy preocupada por lo que pudiera pasarle. Se apresuró y cogió el teléfono para hablar con la mujer. La descripción que le facilitó del hombre que iba con Abberline coincidía con la del cadáver que desapareció del Depósito.

Aquello era una locura, una completa y absoluta locura...

La siguiente llamada que efectuó fue a sus superiores, para que informasen al Foreign Office.

Los tres europeos tomaron un vuelo regular hasta Latakia, en la franja costera del país alauí, la última ciudad importante antes de llegar a la frontera con Turquía. Allí alquilaron un vehículo y continuaron la marcha hacia su destino final. Ras-Shamra, "la cabeza del hinojo", se hallaba sólo a dieciséis millas al norte. Era una pequeña localidad fundamentalmente agrícola, aunque los hallazgos arqueológicos encontrados en Minet el-Beida desde la segunda década del siglo pasado la habían convertido en centro turístico obligatorio para todos los circuitos organizados por las agencias de viajes que programaban excursiones a la zona. La crisis de Oriente Medio y el miedo al terrorismo integrista la afectaban mucho en la actualidad y apenas tenía visitantes. El tráfico rodado era prácticamente inexistente en su casi única calle.

Encontraron las ruinas de Ugarit poco después, casi pegadas al mar en un istmo. Apenas sobresalían de la tierra los cimientos de la que otrora fuera una de las ciudades más prósperas de la civilización cananea, cuna del primer alfabeto escrito de la Humanidad, destruida por los misteriosos Pueblos del Mar hacia el 1200 antes de Cristo. Los tres hombres caminaron a través de los restos, sobrecogidos por la desolación que parecía emanar del lugar. Miller se sentía extrañamente eufórico, como si hubiese llegado al hogar después de mucho tiempo añorándolo. Intentaba imaginar cómo habrían sido aquellas construcciones en su época de esplendor, las casas, los palacios, los templos, pero no tenía apenas conocimientos sobre aquel período histórico como para poder hacerlo.

—¿Y ahora qué? —preguntó a Farmer, lleno de ansiedad.

Éste sonrió.

—Cierra los ojos. Siéntelo. Te está llamando.

Miller obedeció. La brisa marina silbaba en sus oídos, entonando un lamento que parecía provenir de otras eras ya olvidadas. Respiró hondo y trató de concentrarse en el *Necronomicón*. ¿Dónde podía estar aquel maldito libro que tantas desgracias le estaba causando? El silbido del viento varió un poco y creyó oír voces muy débiles bajo aquel sonido de fondo. Un canto lejano, perdido en la eternidad. Una canción que hablaba de dolor y esperanza a un tiempo.

Y entonces sí, entonces en su mente apareció Ugarit, brillante y entera...

Muy cerca, Abberline contemplaba las ruinas con una mezcla de desilusión y alivio. Alivio porque todo parecía muy tranquilo, y desilusión porque esperaba otra cosa más espectacular, al estilo quizá de la acrópolis ateniense o el foro romano, y no aquellas líneas de piedras amontonadas que más parecían el dibujo en planta de un arquitecto prehistórico. Cualquier poblado caledonio escocés estaba en mejores condiciones de conservación. Sin duda los destructores habían sido meticulosos en su desagradable labor, borrando aquella ciudad por completo de la historia, y el médico se encontró preguntándose por qué lo habrían hecho, qué había motivado que se redujese a cenizas Ugarit.

Cogió una de aquellas piedras, grande como un puño, y, aunque sabía que no debía hacerlo, se la guardó en un bolsillo de la americana. Por lo menos se llevaría un recuerdo de aquel lugar, ya que no creía que volviese allí nunca más. Después miró a Miller en el preciso momento en que éste volvía a abrir los ojos.

—Ya lo sé —dijo el escritor, exultante de felicidad—. Ya sé dónde está.

Cada día el ángel Raziel, erguido sobre el monte Horeb, proclama los secretos divinos a toda la humanidad y su voz resuena alrededor del mundo.
(Targum del Eclesiastés, 10:20)

Capítulo Dieciséis

Farmer había enterrado las tablas junto a un árbol, en los límites del yacimiento arqueológico. Envueltas en una funda de cuero, Miller las puso al descubierto temblando de emoción. Había por lo menos una veintena de tablillas, todas hechas de un material que se asemejaba al zafiro, el segundo mineral más duro que existía en el planeta, aunque también uno de los más frágiles, por lo que era prácticamente imposible que algo de aquellas dimensiones fabricado en corindón permaneciese intacto durante tanto tiempo, y aún menos grabar a cincel sobre ello. Estaban decoradas por las dos caras, con símbolos diminutos y tan apretados que había que acercarse mucho para darse cuenta de que no eran simples líneas rectas llenando como arañazos su superficie. Abberline pensó al verlas que nada que no fuese un láser podía llegar a hacer algo semejante, un trabajo tan fino y perfecto. Miller casi se desmayó al mirarlas y tuvo que atenderle para que se recuperase. Aquel hombre tenía fiebre, sin duda producida por la infección de alguna de sus múltiples heridas.

El anticuario volvió a cubrir las tablas con la funda y las levantó con cuidado. Pesaban mucho. Abberline le ayudó y entre los dos las llevaron hasta el coche. Estaba atardeciendo y la temperatura empezaba a bajar siendo casi soportable. Vieron que por el camino se acercaba un viejo "Land Rover" de la policía siria. Abberline se puso muy nervioso. No tenían tiempo de abrir el maletero del coche, así que dejaron las tablas en el asiento trasero y el psiquiatra lanzó allí también la piedra que había sustraído. No sabía las penas que aplicaban en aquel país por robar tesoros arqueológicos, pero sí conocía la ley islámica del Talión, y pensó que Farmer le había asegurado que no moriría en Siria, pero no había dicho nada de conservar las manos cuando saliese de allí.

El "Land Rover" se detuvo bruscamente frente a ellos y al instante bajaron dos agentes uniformados, con metralletas en las manos y lanzando gritos en árabe. Los tres occidentales levantaron los brazos, adivinando que eso era lo que se les ordenaba hacer. Abberline miró a Farmer.

—Bien —dijo, asustado—, ¿no sería éste un buen momento para que me demuestre sus poderes?

—Estos hombres no son policías —fue todo lo que respondió.

Abberline no le entendió, pero Miller sí, y se echó a temblar como una hoja. Los empujaron contra el coche de alquiler y procedieron a cachearles, apuntándoles siempre con sus armas automáticas. Uno de los falsos policías descubrió el paquete con las tablas, lo revisó y comenzó a reír excitado. Las cogió y se las llevó al todo-terreno.

—Ya tienen lo que querían —proclamó lo obvio el escritor, con la mirada perdida—. Ahora nos matarán.

—No lo creo —opinó Farmer.

Una vez más, tuvo razón. Mediante gestos, les indicaron que se dirigiesen también al vehículo policial. Abberline vio que la puerta trasera del coche en el que ellos habían llegado seguía abierta, y aprovechó un descuido de sus captores para volver a coger la piedra, que seguía sobre el asiento, y ocultársela entre sus ropas. Luego, a punta de metralleta, fue obligado a entrar con los demás en el "Land Rover".

Uno de los policías les encañonaba desde el espacio entre los asientos delanteros. Ambos hombres parecían muy felices y no dejaban de bromear en su idioma. El vehículo arrancó y comenzó a dar saltos sobre el camino sin asfaltar. Miller parecía totalmente alelado.

—¡Somos ciudadanos británicos! —dijo el psiquiatra—. ¡Británicos! ¡Inglaterra!, ¿ok? ¿Comprenden? ¡Tienen que avisar a nuestra embajada! ¡Embajada!

—Yes, british! —asintió el que les apuntaba, y soltó una sonora carcajada.

—Not embassy! —contestó su compañero mientras conducía, haciéndose eco de las risas.

—¿Cómo que "not embassy"? ¡Tienen que llamarlos!

Farmer le apretó el brazo para que se callase.

—No insista —le dijo—. Ya se lo he dicho: estos hombres no tienen nada que ver con la policía. Si lo fuesen, yo hubiese sabido que venían y nunca nos habrían encontrado. Son Hermanos Negros.

El "Land Rover" entró en lo que parecía un campamento militar oculto en medio de un bosque. Era ya de noche y el lugar estaba completamente a oscuras, por lo que los tres europeos apenas pudieron vislumbrar algunos barracones de chapa y cubiertos con ramas y piedras, construidos entre los árboles. El vehículo se detuvo junto a uno de ellos y, una vez más obligados por las armas, les hicieron salir. Allí comenzaba a hacer frío.

Andrew Abberline estaba desolado. La evidencia de su situación se le aparecía como una pesadilla en la que nunca hubiera pensado que se vería atrapado. Era un hombre acostumbrado a una vida ordenada, planificada. Dios, ¿cómo había podido dejarse convencer para venir allí si desde el principio sabía que todo aquello era una locura? Ahora se hallaban a miles de millas de su patria, en un país por completo desconocido para ellos, y en unas circunstancias que no podían ser más desfavorables, rodeados de hombres armados pertenecientes a una secta que al parecer adoraba al diablo, y nadie sabía realmente dónde se encontraban. Estaban solos. Completamente solos. Y perdidos.

Los condujeron hacia el barracón. La puerta de éste se abrió y una figura se recortó en el rectángulo iluminado. Por un momento, Abberline pensó que la Parca en persona había salido a recibirlos. La figura estaba envuelta en un caftán completamente negro y una kufiyya también negra cubriéndole la cabeza. Sintió que las piernas le temblaban como si fuesen de gelatina.

—Bienvenidos, señores —dijo aquella espectral silueta en un perfecto inglés, con un acento que le sonó a italiano—. Llevamos mucho tiempo esperándoles. Es una alegría tenerles con nosotros.

—¡Esto es un secuestro! —no se pudo reprimir el psiquiatra.

—¿Secuestro? Estaban ustedes robando antigüedades que pertenecen a la República de Siria. Son criminales.

El doctor Abberline tuvo que callarse ante la verdad que acababa de oír. ¿Eran policías entonces y Farmer estaba equivocado? Se recordó que tanto el anciano como Miller estaban desequilibrados. El escritor seguía inmerso en una apatía inquietante, y Farmer lo observaba todo con altiva tranquilidad.

Uno de los policías que los habían detenido entregó a aquel hombre ataviado de típico musulmán el grueso paquete que contenía las tablas de zafiro.

—Ah, sí —exclamó con satisfacción éste—. El Libro... Por fin...

Ignorándoles por completo ahora que tenía el *Libro de*

Raziel en su poder, el siniestro individuo volvió a entrar en su refugio de chapa, acariciando el preciado tesoro con los dedos. Miller, Farmer y Abberline fueron conminados a seguirle a base de empujones con los cañones de las metralletas. En el interior del barracón, acondicionado como un puesto de mando militar, había más hombres con caftanes negros. Todos ellos se acercaron al primer personaje para contemplar lo que llevaba en las manos.

Evidentemente, no eran policías, concluyó Abberline.

El que parecía el líder de aquellos hombres extraños dejó el paquete que transportaba sobre una mesa y procedió a abrirlo para desvelar su contenido. Las finas tablas azules brillaron a la luz de las bombillas y bajo todos aquellos pañuelos negros surgieron exclamaciones de auténtico fervor en varias lenguas. El médico casi esperó verlos arrodillarse en señal de adoración, pero tal cosa no se produjo.

El líder de la Frati Nigra dejó al resto de sus hermanos venerando el Libro y se encaró hacia el trío de prisioneros. Se acercó a Farmer, que le miró con desprecio no disimulado.

—Cuánto tiempo hemos esperado este momento —exclamó el Mastro—. Y ha tenido que ser el gran Nicolas Flamel, el hombre que durante siglos nos ha tenido en jaque, el que finalmente nos lo entregue. Qué ironía, ¿verdad, viejo? ¿De verdad pensabas que podrías esquivarnos durante toda la eternidad? Nuestra paciencia es infinita, y al final se ha visto recompensada.

—Sabía que tarde o temprano tendría que suceder esto —respondió el inmortal—. Si Dios ha querido que sea ahora, Sus motivos tendrá.

—¿Dios? —rió el Mastro—. ¿Aún sigues creyendo en tu patético Dios? Esa criatura no existe. Es sólo el invento de una religión agonizante. Ahí, en ese Libro, está La Verdad.

—¿Y qué verdad crees que es ésa? —se mostró desafiante el anciano—. Ni siquiera sabéis lo que contiene.

El Frato miró entonces a Miller, que seguía perdido en su propio mundo interno.

—Pero él sí, ¿no es cierto? Él puede leerlo. Es el elegido, ¿verdad? La voz que puede despertarlos.

Farmer no contestó. Eludió la mirada del sectario.

—Tu silencio es más esclarecedor que cualquier respuesta. A vosotros dos ya no os necesitamos... Me gustará saber cuánto sufrimiento puede aguantar un inmortal.

Los dos falsos policías agarraron a Farmer y a Abberline. Este último protestó, aterrado.

—¿Qué ha querido decir? ¿No irán a...? ¡No, por Dios, tengo familia!

Miller reaccionó entonces. Su mano aferró el brazo del Mastro.

—Si estos hombres sufren algún daño, tendrá que matarme a mí también —aseguró con absoluta frialdad.

Las metralletas le apuntaron a la cabeza. El Mastro hizo un gesto a los dos hombres armados para que se detuvieran. Todos los presentes les miraban, tensos los ánimos.

—De acuerdo —accedió el líder de la Frati Nigra—. Vivirán para ver el amanecer de la nueva era. El Señor Oscuro decidirá entonces su destino.

—Parece que al final se equivocó en sus predicciones —rezongó Abberline con acento sarcástico.

Farmer y él estaban encerrados en una caseta miserable de apenas cinco metros cuadrados, también construida en chapa. El psiquiatra buscaba desesperadamente alguna forma de escapar, revisando cada centímetro de su angosta prisión.

—¿De veras me he equivocado? Sigue vivo, ¿no es verdad?

—Pero no creo que salgamos de ésta.

—Reconozco que no era esto lo que esperaba yo tampoco —reconoció el anciano—, pero debe tener más confianza. Hay un motivo para todo esto, aunque incluso a mí se me escapa.

Abberline se revolvió, furioso.

—¡Maldita sea, le estrangularía con mis propias manos! ¡¿Es que no se da cuenta, estúpido loco?! ¡No, claro! ¿Cómo se va a dar cuenta de nada, si está tan chiflado como esos tipos de ahí afuera?

—Debería conservar la calma —le aconsejó Farmer—. Ahora más que nunca es preciso que se mantenga sereno.

Abberline se apartó de las manos del anciano, que se habían adelantado para confortarle.

—¡No me toque! ¡Le dije que no volviera a tocarme por nada del mundo!

El anticuario se sentó en el suelo de tierra, agotado.

—Entiendo lo que siente: el miedo es una cosa horrible. Me he pasado más de quinientos años perseguido por esa sensación...

—¡No siga con esas gilipolleces! —estalló el médico—. ¡Usted no es quien cree ser, y me da igual lo que piensen esa panda de lunáticos! ¡Son todos un puñado de esquizofrénicos que viven en un mundo de fantasía! ¡Deberían estar en un manicomio!

Farmer optó por callar mientras el psiquiatra seguía desahogando su ira. No era fácil aceptar que en el mundo había fuerzas que no se podían controlar. Él mismo había rozado el límite de la cordura en muchas ocasiones, se había sentido tan desesperado como ahora se encontraba su compañero de prisión. Pero Abberline terminaría por comprender. Lo sabía.

Dos noches después, cuando ya el olor de sus propias heces resultaba completamente insoportable, la puerta del reducido cubículo se abrió y hombres armados ataviados como nómadas del desierto les obligaron a salir. Abberline pensó que había llegado el final. Los ajusticiarían sin piedad y abandonarían sus cuerpos en el bosque para que las fieras diesen cuenta de ellos. Había un pequeño ejército de aquellos hombres siniestros esperándolos, y entre ellos estaba Lewis Miller. Estaba demacrado y llevaba también ropas negras. Farmer le miró con preocupación y por unos momentos pareció perder toda aquella suficiencia lunática de la que siempre hacía gala.

El anciano reconoció a otra persona en medio de aquella marabunta de encapuchados. Su esposa Perenelle, la mujer con la que había compartido la eternidad y que le había traicionado. Fue a decirle algo, pero la amenaza de las armas se lo impidió. Le empujaron para que echase a andar y cayó de rodillas. Cuando fue a levantarse, alguien se acercó para ayudarle y le sorprendió descubrir que era Perenelle.

—¿Lo ves? —le dijo ella con tristeza—. Yo tenía razón: esto sólo podía acabar así, pero no quisiste escucharme.

No hubo reproche en la voz de Farmer.

—Cristo también sabía cuál sería su destino —respondió—. ¿Recuerdas todavía al Señor o has renunciado por completo a Él, que te dio esa vida eterna que tanto ansías conservar? Dime, ¿qué harás con la eternidad cuando todo lo que tengas alrededor sea dolor y oscuridad?

—Lo que ha de venir tal vez sea mejor que lo que hay ahora —se defendió la mujer—. Tú sabes tan bien como yo todo el mal y la corrupción que existe en el mundo.

—Sí, y no puede haber cambio sin destrucción. Eso es lo que predican ellos, ¿verdad? ¿Pero y el precio, Perenelle? ¿Has pensado en lo que costará que todo un universo muera para que nazca otro? Estamos hablando de criaturas hechas de antimateria, de una reacción diez mil veces más destructiva que la nuclear en cuanto penetren en nuestra dimensión. Es posible que ni siquiera tú puedas sobrevivir a algo así.

—Estás especulando, como siempre —torció el gesto la mujer—. No puedes saber lo que pasará. Y además te contradices en tus especulaciones: ¿no asegurabas que los Antiguos existían ya antes en este universo?

—Es cierto, antes de ser desterrados, pero entonces esta realidad no era como es ahora. El Big Bang lo cambió todo: separó materia y antimateria , inició el movimiento, liberó la energía, hizo la luz... Lo que sucederá si vuelven los Primordiales será lo contrario y ni siquiera podemos imaginar el resultado.

—Entonces es posible que lo que dice la Frati Nigra sea verdad y construyamos un lugar mejor. Tienes que entenderlo, Nicolás, tarde o temprano la Frati conseguiría su objetivo; su determinación es implacable, su alcance infinito, así que lo más sensato es formar parte del cambio que ha de venir en lugar de oponerse a él.

El anciano no replicó esta vez. Los ojos de Perenelle estaban llenos de tristeza al mirarle. Sabía que no le convencería: estaba imbuido de un maldito sentido del deber que iba contra toda practicidad. Siempre había sido un estúpido defensor de causas perdidas.

En silencio, todos los presentes caminaron a través del bosque, una lúgubre procesión de sombras que a Abberline le recordó las leyendas escocesas de la Sluagh. Ellos tuvieron que unirse contra su voluntad. ¿A dónde iban? ¿Qué iban a hacer con ellos? Abberline pensó en ceremonias satánicas y sacrificios humanos realizados en lugares abandonados. Estaba aterrado hasta lo inimaginable.

—¿Dónde nos llevan? —preguntó en un susurro a Farmer.

—Allí —contestó el anciano, mirando hacia la distancia—. El Jabal Al-Aqra. Donde todo empezó.

El psiquiatra contempló la silueta de la montaña que tenían enfrente, un gigante pétreo y totalmente desprovisto de vegetación. Se alzaba al borde del mar como un faro descomunal. El Monte Pelado, lo llamaban los árabes. Monte Cassius para los romanos. El hogar donde habitaban los dioses de la antigua Canaán. Probablemente el lugar donde nació Dios. Una luna brillante y redonda lo miraba todo desde su cúspide, como una pupila terrible ansiosa de sangre. Hacía mucho frío, pero los temblores que le sacudían no eran sólo debidos a éste.

La ascensión fue lenta y penosa. Tardaron horas en llegar a la cima por un sendero que parecía impracticable, pero la comitiva en ningún momento se detuvo a descansar. No acostumbrado a tales esfuerzos, Abberline se sintió desfallecer en varias ocasiones. Medio asfixiado y con las piernas doloridas, temió sufrir un colapso. A su lado, en cambio, Farmer parecía fresco como una lechuga mientras subían. Llegó a pensar que, si quisiera, podría haber empezado a correr y nadie habría podido atraparle. ¿De dónde sacaba las fuerzas aquel viejo loco?

Una vez en la cima, exhausto y con las piernas destrozadas, sólo con las estrellas sobre sus cabezas, observó el paisaje vertiginoso que se extendía bajo ellos. El Jabal Al-Aqra estaba justo en la frontera. En la dirección por la que habían llegado se veían las verdes llanuras sirias y por la otra las montañas turcas, y el Mediterráneo lamiendo la base de la montaña, rodeado de costa por todas partes como si se tratase de un inmenso lago. Enfrente se divisaba Chipre apuntándoles amenazador. Abberline luchó por recobrar la respiración al tiempo que su vista se perdía en la inmensidad. Estaba mareado.

El grupo de Hermanos Negros se repartió por las cercanías, formando un círculo alrededor de lo que debía ser el centro mismo de la cumbre. En medio se situó aquel Miller desconocido ataviado como un árabe, con las tablas del *Al Azif* en las manos. Envueltos por el cielo nocturno, parecían hallarse en la inmensidad del espacio. El tiempo se había detenido. El viento azotaba con fuerza. Las figuras negras permanecían inmóviles, como esperando algo.

—¿Qué van a hacer? —quiso saber el psiquiatra con voz entrecortada, dirigiéndose a Farmer.

El anciano no apartó la mirada de Miller, expectante.

—Van a invocar a los Antiguos —respondió, sin saber que el médico no tenía ni idea de a qué se refería.

Entonces Miller empezó a cantar.

Leyendo las inscripciones talladas en las láminas de lapislázuli, alzó la voz sobre el aullido del viento, en una salmodia vibrante que fue ganando fuerza a medida que avanzaba. No se podía entender lo que decía, pero Abberline sintió escalofríos recorriendo todo su cuerpo, como si cada palabra resonase en su interior arrancando recuerdos enterrados en los propios genes. Supo con certeza que algo iba a pasar, aún cuando todo permanecía inmóvil y en apariencia tranquilo. La canción recorría toda la escala sónica, y pronto tuvo la impresión de que hasta las piedras comenzaban a vibrar.

En el cielo todo se aceleró. Donde antes había un firmamento despejado y tachonado de estrellas empezaron a formarse a velocidad de vértigo gruesos nubarrones de tormenta, girando y retorciéndose como dotados de vida. En las capas altas de la atmósfera se desató un huracán. Estallaron con violencia los relámpagos, iluminando la tierra con sus fogonazos terribles. Y la voz de Miller seguía dominándolo todo.

Los Hermanos Negros estaban excitados. Su espantoso dios se acercaba, fracturando el universo con su retorno. Satanás volvía para reclamar su trono perdido.

En el centro de la tempestad surgió una grieta que partió en dos las nubes. Una luz potentísima surgía de ella, y alrededor culebreaban centenares de chispazos cárdenos de electrostática. Algo se agitaba inmenso tras ella, opacando aún más el cielo. Se oyó el batir acompasado de unas alas gigantescas. Unos tentáculos surgieron de la abertura.

Lewis Miller estaba en el infierno.

La Frati Nigra llevaba dos días suministrándole drogas que anulaban su voluntad, que le mantenían sumiso y tranquilo mientras su mente se hundía lentamente en un fango oscuro y espeso en el que acabaría ahogada. Vivía en una continua pesadilla, rodeado de sombras cuyas voces le herían como cuchillos y en la que sólo encontraba alivio al dolor obedeciendo. Deseaba gritar, pero no podía; ansiaba escapar, pero su cuerpo no le obedecía. Y cada vez percibía la realidad más lejana y brumosa.

Ahora, sin embargo, mientras cantaba la terrible invocación del *Al Azif*, sintió que la influencia de sus captores disminuía, como si, al desviar la Frati su atención colectiva en espera del siniestro milagro, el efecto de sus drogas también decayese. Al mismo tiempo, fue consciente de la mirada abrasadora de Nicholas Farmer, al que tenía justo enfrente. Sus ojos se encontraron y al instante supo lo que tenía que hacer.

En ese momento, la canción cambió bruscamente.

De un modo sutil, casi imperceptible al principio, el tono de Lewis Miller dejó de ser suplicante y solícito y se tornó agresivo, duro, amenazante. Las nubes se convulsionaron una vez más, intentando volver a invadir la abertura creada, para cerrarla. Un trueno que parecía un rugido sacudió el cielo y rebotó en la tierra, hiriendo los tímpanos de todos los que ocupaban la cima de la montaña. Sin embargo el escritor no dejó en ningún momento de cantar.

—¡No! —gritó el Mastro de la Frati Nigra—. ¡Detente! ¡Así no es! ¡Para!

Miller no hizo caso. Su voz siguió entonando el mismo

cántico amenazador. Miraba al cielo con el rostro descompuesto, exhortando a la criatura que intentaba traspasar el umbral para que se marchase. Los tentáculos se habían retraído hasta desaparecer. La luz era cada vez más débil, las nubes se disolvían...

—¡No! ¡Para, maldito seas!

El líder de la secta arrebató la metralleta a uno de sus hombres armados y comenzó a disparar a Miller, ciego de rabia. El escritor tembló al recibir los impactos y se derrumbó. Todos asistieron estupefactos a los acontecimientos, sin saber cómo reaccionar. Todos, salvo Farmer, que corrió hacia el hombre abatido, cogió las tablas y continuó la canción interrumpida, gritando a pleno pulmón. El Mastro dio una orden y, al unísono, todos los que portaban armas procedieron a acribillar al anciano. La noche se llenó del repiqueteo ensordecedor de los disparos. En su afán destructor, no cayeron en la cuenta de que podían herirse entre ellos, y eso fue exactamente lo que sucedió. Algunos frati cayeron abatidos, pero el viejo anticuario aguantó a pesar de que su cuerpo era sacudido por una lluvia mortífera.

Los que no iban armados echaron a correr en desbandada. Abberline, aterrado, hizo lo mismo sin dudarlo. Un frato portando una metralleta se puso en su camino, pero el psiquiatra cogió la roca que llevaba consigo y se la estrelló en la cara, dejándole inconsciente. Luego se lanzó montaña abajo en una huida enloquecida, pensando sólo en sobrevivir.

En las alturas, como en la propia montaña, parecía haberse desatado una guerra en la que también participaba la Naturaleza. La mayor tormenta eléctrica que nadie hubiera visto jamás desgarraba la atmósfera. Mientras descendía, Abberline vio que algunos rayos se abatían sobre la cumbre desnuda del Jabal Al-Aqra, y oyó gritos humanos de agonía mezclados con los estampidos de los disparos y el fragor de los truenos. Tropezó y cayó al suelo, despellejándose las manos contra las piedras. Aturdido, miró hacia arriba. La cima de la montaña ardía por completo, iluminada por un resplandor sobrenatural.

Hubo una explosión repentina, un fogonazo deslumbrador. Abberline se tapó los ojos. De pronto todo quedó en silencio. Del fuego surgió una luz fantasmal, y en su interior creyó descubrir una figura humana completamente azul, con lo que parecían docenas de alas brotándole de la espalda. Era Miller, un Miller gigantesco. Llevaba el Libro sujeto contra su pecho. Le miró y sonrió. Como Enoc, aquel personaje bíblico que de hombre pasó a divino, ascendía también hacia un nuevo hogar.

Abberline se desmayó.

La policía siria le encontró a la mañana siguiente, pero se encontraba en tal estado que no podía articular nada inteligible. Dos semanas más tarde, y merced a la diplomacia británica, era expatriado y enviado a una clínica de salud mental, donde estuvo internado casi tres meses. Tenía pesadillas espantosas y apenas hablaba. Su mente se debatió en las fronteras de la cordura, hasta que comprendió que sólo la aceptación de lo que había visto podría salvarle de caer en un foso aún más terrible. Supo que Farmer tenía razón y él siempre había tenido la misión de contemplar todo lo acontecido, de ser testigo del tremendo sacrificio de aquellos dos hombres. Lo que no sabía era lo que tenía que hacer ahora con todo lo que sabía. Así que se dispuso a averiguarlo.

Un año después, con las ideas más claras, comenzó a escribir un libro, que llevaría por título *La Frati Nigra*...

El anciano se detuvo delante del escaparate de una librería. A pesar del calor que hacía, iba completamente abrigado y llevaba un gran sombrero en la cabeza. Tenía la cara desfigurada por terribles cicatrices que tardaban en sanar. Sus ojos observaban la cubierta de un libro que destacaba en los estantes y, a pesar del dolor, sonrió. Miró a uno y otro lado con precaución, furtivamente, como lo haría un hombre que se supiese perseguido. Luego, renqueante, entró en la tienda para comprarlo.

FIN

DEDICATORIA

La mayoría de los libros suelen tener un apartado de agradecimientos más o menos extenso según criterios personales del autor. En él, se suele citar a gente que, por diversos motivos, han influido de un modo u otro en la realización de la obra, o a aquélla que el escritor cree oportuno mencionar, a veces por razones peregrinas o puramente sentimentales; así, en la mayor parte de las ocasiones, esos agradecimientos se convierten en una retahíla insufrible de nombres de familiares, amigos y conocidos del que escribe pero que poco o nada importan al lector. En todo caso, de personas cuya participación en ese libro puede ser discutible y desde luego nada objetiva.

En cambio no es así con los que aparecen en éste. Porque el libro que tienes entre las manos, querido lector, no hubiese sido posible sin la participación de todas esas personas. Sin todas y cada una de ellas. Es cierto, yo lo he escrito, pero ellas lo han convertido en una realidad. Si ahora lo puedes leer, si ahora puedes disfrutarlo (o padecerlo: eso ya es cuestión de gustos), es gracias a ellas. Y merecerían más que ser nombradas en unas cuantas páginas. Porque esta novela es suya tanto como mía, y, aunque tú es probable que no te entretengas a leer todos sus nombres, forman parte de ella con tanto o más merecimiento que Lewis Miller, Andrew Abberline o Nicholas Farmer.

Por eso, este libro está dedicado a:

Rosa Goñi Montero (por estar siempre a mi lado, pese a todo)
Juan Calvet Balanza
José Manuel de Cárdenas Mendizábal
Alberto López Aroca (mitógrafo e inspirador de este invento)
Raúl Montesdeoca
José Rafael Martínez Pina
Chabi Angulo

Patxi Larrabe
Alberto Cabrera
Antonio García García
Llosef
Rodrigo Pérez Miguel
Rubén Soto de Roa
José Vicente Serrano Olmedo
Daniel Guerrero Misa
Miguel San José Romano
Raul García García
Vicente Álvarez de la Viuda
Michel Foisy Rueda
Daniel Solsona Gómez
Sebastián Hdez-Cornejo Gumiel
Sergio Rodríguez García
Pako Domínguez
José Manuel Pérez Quintanilla
Andrés Ramón Pérez Blanco
Javier Jiménez Barco
Carmen Herrero
Carlos Díaz Maroto
Javier Guillamó García
José Enrique Mora
Pablo Ignacio Martinez Diaz
Francisco Gallego Arredondo
Ramón Peña
Javier Oncala
Manuel Fernández Rosas
Miguel Ángel Rodríguez Gómez (Wolfville)
Jorge P. López
Tristán Oberon
Cristina Macía
Jose V. Roces Díaz
Efrén Comín Salamanca
Iago González Gradín

Andrés Peláez Paz
Juan Carlos Monroy Gil
Manuel Lafuente Salinas
Javier Serrano Manzanares
José Fernando Ponce González
Rafael Diaz Santander
Miguel Ángel Naharro Corbalán
Gabriel Díaz Barragán
Guillermo Fernández Torres
Jesús Torres Castro
Albert Diaz Salinas
Luis Míguez
Jaime González García
Rodrigo García Carmona
Francisco Isasti
Jorge Morón
Rodrigo García Carmona
Gonzalo Laguno
Ana María Ramírez Gallardo
Lorenzo Berrazueta Fernández
Javier Cortajarena
Mónica Agudo Campos
Víctor Díaz Ramírez
Manuel Berlanga
Jose Antonio Lambiris Ruiz
Daniel Bueno Guerra
Paco Quilis
Jerónimo Thompson
Pablo Claudio Ganter
María Pérez Álvarez
Andreu Vidaña Puig
Alejandro Castro Guerrero
Benjamín Molina Moreno
Jose Alberto Molina Moreno
Óscar Galindo Navarro

Aitor Solar
Alberto Outeiriño
Carlos Arroyo Cobos
Héctor González García
Lord y Lady Molinaire
Miguel Angel Cuasante
Jacinto Bengoechea Escudero
Juan Luis González Isasi
Pedro Garcías
José Aº Reyero
Néstor Manuel Allende Fernández
Alejandro Morales Mariaca
Andrea Nájera
Octavio Vargas
Alejandro Sánchez Rodríguez
Y, de forma muy especial, a Carlos Ladera

A todos ellos, muchas gracias. Este libro y yo os debemos mucho.

LEM RYAN

INDICE

www.ingramcontent.com/pod-product-compliance
Lightning Source LLC
Chambersburg PA
CBHW050343030726
47503CB00008B/2595